시는 언어의 예술,

파동이 신체를 주파한다

정 민 나

새미

저자의 말

파동이
신체를
주파한다

몇 년 전에 돌아가신 아버지는 물놀이를 하다가 깊은 물에 빠진 벙어리를 구한 적이 있다. 아이들의 고함소리에 달려온 아버지는 이미 물속에 가라앉아 보이지 않는 아이를 찾으러 지체 없이 깊은 물속으로 들어갔다. 아이를 건져 올려 안고 나오는 아버지의 모습을 빙 둘러 바라보던 수많은 아이들의 눈빛을 잊을 수 없고 수없는 인공호흡 끝에 아이가 "커억" 하고 숨쉬기 시작한 그 순간이 생생하게 떠오른다. 그동안 삶의 우여곡절 속에 묻혀있던 아버지의 파편적 이미지들이 재배치되면서 아버지의 존재감이 새롭게 생성되는 건 어이된 일일까.

내가 만난 시인들은 시가 유일한 어떤 것이 아니라 현실 세계를 표현하는 다양한 방식의 복수적인 언어 운동이라는 것을 보여준다. 변화하는 세계는 시인들의 자아에도 영향을 준다. 그것은 한 영역에서 다른 영역으로 움직이는 순간을 포착하고 그 감각적 질감을 표현함으로써 또 다른 미학의 세계가 생성된다는 것을 의미한다.

움직임의 순간들, 다시 말해 수축과 이완의 순간에 형성되는 그 생생한 에너지는 다양성과 이질성으로 드러나 고정된 정체성에서 벗어나기 일쑤이다. 일상의 부분적 파편들이 모아져 몽타주적 구성을 이루고, 이러할 때 세상과 더불어 생성되는 느낌을 갖게 된다.

이 책은 그동안 인터넷 신문 ≪금요시단≫의 시 비평 기획 칼럼에 연재했던 글들을 간추리고 보충해서 엮은 글들이다.

제1부에서는 시인들의 구체적 텍스트를 살핌으로써 언어의 예술성을 생성하거나 발현하는 언어 사용에 관하여 접근하였다.

현실의 불연속적인 체험과 충돌을 교감을 통해 그 때마다 다른 느낌을 표현하고자 노력하는 시인들은 새로운 언어를 발명해 내고 시의 영역을 확장시키는 일에 동참하게 된다. 언어적 현실의 재창조는 기표와 기의가 일치하지 않는 불완전한 세계와 관련성을 지닌다. 사물에 대한 고정관념을 전복하는 일 역시 지루한 현실에 낯선 느낌을 부여하는 일이 된다. 때문에 작가들은 일상의 모럴을 아이러니, 역설, 블랙 유모와 같은 방식으로 변형하여 자유롭게 드러낸다. 이렇게 자동화된 세계를 낯설게 만들어 내면 공간의 실상을 생생하게 보여줄 수 있기 때문이다.

제2부에서는 비루한 현실 관계에 대한 시인들의 치열한 모색을 성찰하였다. 변방과 주변부의 이름으로 한껏 억압 받아온 이들의 목소리와 불확실한 삶을 응시하는 자의 무기력한, 그럼에도 그것을 글로서 날카롭게 꿰뚫는 생래적 창조성에 초점을 맞추었다. 글 쓰는 일은 고통이나 고뇌에 품위를 더하는 일이지만 자고나면 한 세계가 허물어지는 모든 시기에 어떤 문제에 대해서도 온전한 답은 존재하지 않는다. 그러하길래 문학의 본질에 대하여 사르트르는 놀라운 통찰력으로 이렇게 말했다. "한 집단은 문학을 통해서 반성과 사유의 길로 들어서 자신의 불안정한 모습을 알게 되며 부단히 그것을 바꾸고 개선해 나가려고 한다."

시인들은 삶이 가지는 부조리와 무질서, 타자에 의해 왜곡된 실상들을 시적으로 표출하여 독자들에게 새로운 정신적 자유를 선사한다. 그것은 불화의 세계를 희석해 주는 역할을 한다. 도구적 이성으로서는 결코 세계를 완벽하게 재현할 수 없다는 인식에 뿌리를 두고 시인들은 알레고리, 아이러니, 역설, 같은 장치들을 동원해 욕망과 불안을 내재한 이 세계의 일상을 파헤친다. 자아와 세계의 충돌을 확인하는 과정은 자기 실존의 흔적을 확인하는 과정이 된다.

제3부에서는 여행 서사를 다룬다. 시인은 시와 더불어 어디든 마음대로 갈 수 있다. 일상 너머의 사실을 재구성함으로써 자신의 존재감을 가늠한다. 사람마다 존재 가치가 새롭게 복구되는 일은 글을 통해 새로운 세계

를 촉발하는 것과 같은 것. 황지우는 시는 '물음표 하나' 에도 있고, '변을 보면서 읽는 신문'에서도 발견된다고 하였다.

노마디즘의 역사를 지닌 인간은 동일한 곳에서 벗어나 탈영토화된 공간에서 새로운 질서를 생성해 내는 존재들이다. 일상적인 동작이나 행위, 표정들을 해체시키고 그 카오스로부터 여러 층의 감각을 표현하는 '시인' 역시 유목 인간으로 비유 될 수 있다.

권태롭고 한정된 삶의 방식을 깨고 변형의 계기를 갖게 될 때는 눈에 보이든 안 보이든 저항과 갈등이라는 불안한 심리와 맞닿게 된다. 그것을 형상화하는 과정에는 다양한 심리의 분화 양상이 드러나기도 한다. 이것은 불확정적인 미래의 세계로 향하는 원심력과 안으로 굽어드는 구심력 간의 길항 작용이기도 하다. 하지만 마음에서 일어나는 느낌을 따라가는 일은 지금까지 인지하지 못한 세계와 타자를 만나게 해준다.

작가는 자신의 독특한 목소리를 지닌 자이고 자연스러운 말의 사용법을 익힌 사람이다. 시인들이 보내준 시집들에서 시를 간추려 나는 2019년 8월부터 인터넷 신문 〈인천in〉에서 독자들에게 기쁜 마음으로 시를 읽어주고 있다.

제4부는 그 내용을 뽑은 것으로 채워졌다.

최근 김소연의 ≪마음 사전≫에서 읽은 글은 내가 작가들의 개별 작품들을 대할 때 유용하게 적용할 수 있다. 그것은 시적 상상력이나 이미지의 구조적 특징과 시적 근원을 투명하게 투시하는 방법이 된다.

두 개의 귀를 다 열어 두어야 방향을 잘 알 수 있듯이 우리의 몸은 두 개의 눈으로 깊이와 거리를 잘 감지한다고 한다. 한쪽 눈만으로는 깊이와 거리에 착오를 일으키지만, 맑은 마음의 두 눈이 초점을 서로 잘 맞추고 있을 때에는 당신과 나의 깊이와 거리를 나는 잘 깨달을 수 있다. 깊어지고, 가까워지고 있다는 사실을 오해 없이, 오류 없이 받아들이기 위해서 나는 지금 아름다운 것을 보는 눈과 추한 것을 보는 눈을 함께 뜨고 있다.

새로운 책을 낼 때마다 힘껏 응원해준 가족들이 감사하다. 그들에게 힘을 얻고 늘 새롭게 길을 간다.

글의 지면을 내어준 인천in 대표님과 이 글을 엮어준 국학자료원 정구형 선생님께도 고마움을 전한다.

2019년 10월
문학산 자락에서
정 민 나

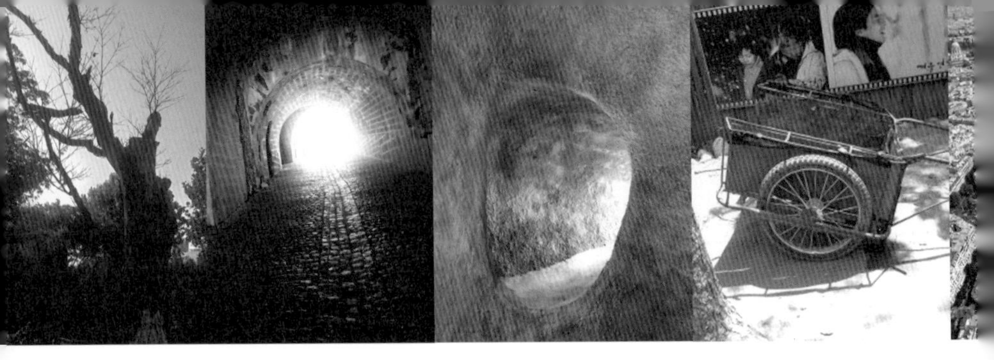

제1부

제2부

제3부

제4부

제1부

피아노 위에 손을 얹어 진동을 느끼던 헬렌 켈러처럼 시간이 지나 딸은 다행히 새로운 환경에 안착하고 있다. 온몸으로 체험된 지각이 그녀의 의식을 생성하고 그것이 계속해서 안전하게 그녀를 추동하는 힘이 된다면 바랄 게 없다. 고립되고 정체된 육체로부터 탈주를 꿈꾸는 것은 끊임없이 교정되는 정체성이다. 이것은 전혀 새로운 제3의 가능성을 겨냥한다. 그것에 필자는 '자유'라는 이름을 붙여준다.

시와 영화로 읽는 추의 미학

실재와 이상의 불일치에서 발생하는 '불쾌함', '역겨움', '피곤함', '지긋지긋함'이나 '볼품없음' 같은 혐오발화가 '추의 미학'을 구현한다. 21세기를 '혐오시대'라고 규정하고 그것을 시나 영화로 풀어내는 작품들을 우리는 종종 대면하게 된다.

최근에 방영된 영화 〈기생충〉에서는 지하실에서 생활하는 백수 4인 가족을 만나게 된다. 이들은 최첨단 자본주의 사회와 대별되는 생활을 하는데 홍수가 나면 화장실 화수구에서 검은 물이 콸콸 역류하는 모습을 보기도 한다. 이 영화에서 정작 혐오의 감정이 드는 것은 그러한 가시적으로 보여지는 빈곤한 삶의 모습이 아니라 이 가난한 사람들의 불확정성에 기인한 환멸과 욕망의 세계라고 할 수 있다. 어떤 꿈의 목표나 저항의식 없

이 무개념적으로 하루하루를 살아가면서도 오직 먹이에 충실한 동물처럼 이웃을 밟고 올라서는데 아무런 죄의식을 느끼지 않는다. 이러한 추의 미학을 통해서 예술은 은폐된 진실을 드러낸다.

회복이 되기 전에 다시 병이 들었다
노란 열이 눈에 꽉 차올라 얼음물에 눈알을 넣고 뒤흔들고 싶은 날이었다
나는 왜 신앙심이 생기지 않는 걸까
이렇다 할 재주가 있는 것도 아니고
불만과 불행과 불감 속에서 나빠지기만 하는데
극복하지 못하는 것을 극복하려는 마음이 애초에 잘못되었다는
생각이 내 머릿속에 말뚝을 박고 빠지지 않는다
하느님이든 부처님이든
온화한 미소로 장도리를 들고 내게 와주지 않는 것이
내내 서운한 날이었다
좋아하는 것도 아니고 미안한 것도 아니지만
내 삶이 계속 누군가를 지치게 만드는 것을 부정할 수는 없다
사실 나도 내게 지쳤다
회복을 이유로
누워 있는 일에 지쳤다
이런 이야길 아무렇지 않게 또 해대는 입에 지쳤다
그러다 갑자기 시야가 또렷해지는 순간에
벌레처럼 사람들이 날 징그러워할 것 같아
몸을 웅크렸다
체액이 흘러다니며 열을 발끝까지 전달했다
뜨거워진 발바닥을 식히러 맨발로 계단을 내려간 날이었다
지하보다 더 지하로 내려가는 문이 닫혀 있어서
오 하느님 하고 불렀다

부처님은 부르지 않았다
둘을 함께 부르면 더 큰 혼란이 찾아올 것 같은, 스승의 날이었다
절망과 수치를 가르친 스승에게 꽃을 보냈다
노란 장미를 노란 포장지에 싸서
적어도 노란 장미는 노랗게 아름답다,는 이유로
스승에게 편지는 쓰지 않았다

— 김지녀, 「스승의 날」 전문

김지녀의 「스승의 날」은 역설적인 시이다. '스승'은 보통 '우리'나 '나'에게 잘 되라고 가르치는 사람이다. '절망'과 '수치'를 가르치지는 않는다. 그런데 시 속 화자는 그 반대로 말하고 있다. 자신이 지쳤다고 생각하고 또 누군가를 계속 지치게 만든다고 자학한다.

"극복하지 못하는 것을 극복하려는 마음이 애초에 잘못되었다는/생각이 내 머릿속에 말뚝을 박고 빠지지 않는다"는 시구에서 화자는 자신의 행위의 부질없음을 말한다. 그러한 자신을 하느님이든 부처님이든 장도리를 가지고 와서 고쳐주길 바란다. 바라는데 오지 않는 신을 원망한다. 그러한 자신을 사람들이 징그러워할 것 같아 몸을 웅크린다.

이 시에서 시적 자아의 혐오와 분열증의 원인은 뚜렷하게 드러나지 않는다. 스승이 환멸의 나를 키워낸 장본인이라는 뚜렷한 정황도 없다. 위기 상황에서 하느님과 부처님 중 누구라도 불러도 되지만 둘을 다 부르면 더 큰 혼란이 올 것 같아서 하느님을 부른다. '아무나', '아무거나' 괜찮다는 논리다.

화자의 정체성을 눈 씻고 찾아볼래야 찾을 수 없다. 자신이 잘못 살고 있는 것은 그렇게 가르친 선생님 탓이고, 자신이 이러한 환경에 처한 것은 구원하러 오지 않는 신 때문이고 제 뜻대로 되지 않아 열나는 몸을 식힐 수 없는 것은 지하실의 문 때문이다. 이렇게 화자는 '불만'과 '불행'과 '불감' 속에 빠져 있다. 독자는 이러한 존재를 살아 있으되 살아있다고 볼 수 없을 것이다.

봉준호 감독의 〈기생충〉이나 김지녀 시인의 〈스승의 날〉에서 보이는 공통점은 목표나 중심이 없는 허무주의적인 인식이라 할 수 있다. 〈기생충〉에서 주인공의 아버지는 난관에 봉착한 아들의 "다음 계획은 무엇이냐"라는 질문에 "무계획이 계획이다"라고 대답한다. 이 가족의 행위가 "~2MB면 어때 경제만 살리면 그만이지"라는 지난 시절 유행했던 풍자적인 댓글이나 유행어를 떠올리게 한다. 현실을 비틀어서 당면한 사회와 인간을 보여주는 위의 시나 영화는 그럼에도 구체적인 미래의 전망은 제시하지 않는다.

이와 같은 영화와 시를 제작한 감독과 시인은 우리에게 왜 이런 환멸의 세상을 보여주는가? 우리가 살고 있는 세상을 객관적으로 인식하지 못하고 이런 정서에 빠져드는 사람들에게 경각심을 주려는 것일까? '추의 미학'을 통해 있는 그대로의 자신을 들여다보게 하고 그를 통해 새로운 통찰에 이르게 하려 함일까? 그리하여 사회와 개인 모두에게 자정의 시간을 갖게 하고 이 자체로 영화와 시의 효용성을 살릴 수 있다면 그들은 의도한 목표를 달성한 것이 될까?

이 무더위 속으로 누가 자꾸 나를 토해내고 있어
만년 후의 인사동 거리를
실엿 파는 좌판을
꾀죄죄한 골동품들을

우글거리는 토사물 속을 걸어가고 있었어
다홍치마에 노랑 저고리를 입은 여자가
국적 불명의 얼굴을 들이밀며
오천원!
하고, 웃을 때까지

그 얼굴에 내 얼굴이 철썩 붙어 떨어지지 않을 때까지
내 얼굴이 도무지 기억나지 않을 때까지

맞은 편에서 승복을 입은 가면이 다가오는데
왜, 뜬금없이 '나'라는 생각이 들 때까지

직전들이 자꾸 옷깃을 스치며 지나갔어
은하가 자자한 네거리
사실 네거리 같은 건 없었어
그저 가면에 눈물이 핑 돌때까지

—이경림, 「직전」 전문

추의 대표적인 미학 이론가 칼 로젠크란츠(Karl Rosenkranz)는 추의 긍정적 기능으로 "미가 추를 통하여 코믹으로 넘어간다"고 하였다. "풍자가 아니면 해탈"이라고 한 김수영 시인의 시처럼 이경림의 시 〈직전〉 역시 코믹을 매개로 속세의 속박("누가 자꾸 나를 토해내고 있어")으로부터 벗어나고 있다. 가면의 눈물! 그것은 추의 부정이다. 자신을 우스꽝스럽게 만들면서 추를 증폭시키는 것은 시인이 지닌 시적인 기지라고 할 수 있다.

개그맨 오정태나 정종철은 티비에 나와 포복절도할 정도로 우리를 웃게 한다. 시청자들은 오정태나 정종철의 못 생긴 인상에는 별로 신경쓰지 않는다. 그들의 못생긴 점이 배가되어 연기력을 드높였기 때문이다. 자기 부정을 통해 미로 환원하는 것이 그들의 최종 목표라면 그것 역시 정 — 반 — 합의 원리인 셈이다.

비천하고, 조야하고, 부조화하는 것은 추의 범주에 들어간다. 시인들은 이러한 인간 존엄의 제한에 맞서는 행위를 가져와 기꺼이 시를 쓴다. 오히려 이런 왜곡과 비틀림이라는 추의 영역을 비껴가지 않고 현실세계와 불화하는 반인간주의 모습을 그린다. 그 이유는 그것이 비극적 인간까지 고스란히 포함하여 인간을 이해하는 '숭고'의 정도에 도달하는 과정이 되기 때문이다.

시는 언어 예술,
파동이 신체를 주파한다

— 환유적 시쓰기

자신이 겪고 있다. 고통이 겪고 있고 책임자도 겪고 있다. 지방에서 겪고 있고 장례식에서도 겪고 있다. 포옹하면서 겪고 있고 식사하면서 겪고 있고 가장자리에서도 겪고 있다. 장엄한 물결 위에서 겪고 있고 온갖 오물들이 겪고 있다. 덩어리째 겪고 있다. 지푸라기도 겪고 있고 일찌감치 겪고 있다. 사랑하면서 겪고 있고 도망치면서 겪고 있다. 찬물에서 겪고 있고 망설이면서 겪고 있다. 헤어지면서 겪고 있고 최선의 방식으로 겪고 있다. 여행하면서 겪고 있고 어쩌다가 찍힌 사건에서도 겪고 있다. 분명히 아무도 없는 곳으로 간다고 했는데 거기서도 겪고 있다. 누가 겪고 있는가? 무엇이든 겪고 있고 검은 수면을 내려 보다가 겪고 있다. 처음 보는 물건이 겪고 있다.

— 김언, 「한계」 전문

김언은 위의 시 「한계」에서 근원이 되는 요소(나=자신)을 연속적으로 변주(책임자, 지푸라기, 처음보는 물건 등)하면서 시간과 공간을 초월한 다면적 자아로 복제한다. 인접성의 원리로 계속해서 건너뛰면서 경험적 주체의 다양한 목소리는 현현된다. 그리하여 감각이 교차 횡단하고 섞이면서 제 존재의 지평을 창조적으로 넓혀 나간다.

"주체에 관한 물음은 하나가 아니라 여러 개"라고 앙리 메쇼닉은 말한다. 주체가 어떤 하나의 개념에 전적으로 포섭되는 것이 아니라, 현실적으로 따져볼 때, "단수가 감추어놓은 복수"의 주체들은 "적어도 열두 개에 이르는 주체들이라는 것이다. 다시 말해 '철학적 주체', '심리적 주체', '사물 인식의 주체', '사물 지배의 주체', '타자 인식의 주체', '타자 지배의 주체', '법의 주체', '역사의 주체', '행복의 주체', '랑그의 화자(話者) 주체', '디스쿠르의 주체', '프로이트적 주체'가 존재한다고 매쇼닉은 말한다.

그러나 문제는 이 주체들 가운데 그 무엇도 시를 만들어내는 힘, 즉 '시적 주체'와 오롯이 포개어지는 것은 아니라는 사실에서 발생한다. '무언가를 만들어내는 동력/무언가를 따르게 하는 힘'의 관점에서 '시적 주체'를 정의한다면, 우리는 '시적 주체'를, 시를 만들어내는 동력, 시를 고안해내는 힘, 좀 더 그 의미를 확장하자면 역사 속에서, 우리 내면에서, 사회와 문화 속에서, 시를 고안하고 생성해내는 근원적 무엇이라고 할 수 있을 것이다. 조재룡은 2015년 2월호 월간 『시와 표현』에서 매쇼닉이 구분

한 열두 개의 주체, 그 어디에도 이와 같은 주체는 존재하지 않는다고 말한 바 있다. 시는 이와 같이 단일한 주체를 부정하고 확실성의 주체에 이의를 제기한다.

환유적 언술 형식으로 쓰이는 시들은 시인이 쓰고 싶은 것의 주변을 보여 주면서 핵을 드러내지 않는다. 예를 들어 나무의 주변을 그려도 그 나무가 어떻게 존재하는지 그 사물의 일부로서 관계있는 것들과 접속하는 것이다. 한 마디로 링크된다는 것, 그것이 환유적 사고 체계이다. 이러한 방식의 글쓰기는 시간과 공간, 심리적 인접성으로 인하여 시인의 사고가 확장되는 경우가 많다. 환유의 사고체계는 그것과 닿아 있는 것만 골라서 간다는 점에서 독자에게 재미와 흥미를 준다.

> 모 목장에서 양 B로 오인받아 도살 당하는 양A.
> 양B요! 배달된 양A를 보고 양B가 왔군 판매하는 식육점 주인.
> 양B로 알고 구매한 양A를 양B처럼 조리하는 요리사.
> 양A의 요리를 양B의 가격을 주고 먹는 손님.
> 굶주린 늑대가 얼룩말 떼를 습격할 때
> 같은 무리 발에 걸려 넘어지는 얼룩말.
> 집었던 콜라를 놓고 우유를 살 때 그 콜라.
> 어느 밤 트럭에 치여 즉사한 고양이.
> 어느 아침까지 계속 치이고 있는 고양이.
> 차창 밖으로 마주친 오줌 누던 개의 눈동자.
> 덜컹덜컹 시간 속으로 멀어지던 눈동자.
> 공터에 버려진 채 비를 맞는 소파.
> 오며 가며 아이들이 칼자국 내고

버스 맨 뒷자리 아무렇게나 펼쳐진 신문.
청소하는 아주머니가 되는대로 둘둘 말아 쥐고
바퀴벌레를 향해 내리치는 신문.
그 신문에 인쇄된 바퀴 벌레의 터진 비명.

— 황성희, 「개나리들의 장래 희망」, 『앨리스네 집』 중에서

위의 시에서 양과 얼룩말과 콜라와 고양이와 개와 소파와 신문은 정상이 아니다. 이것들은 모두 이상한 나라의 구성원들이다. 그들 중 하나가 하나의 거울상이라면, 어떤 게 정상이고 어떤 게 이상한지를 판별할 수 없다. 다만 여기에 들끓는 어긋남이 있다. 하나가 다른 하나를 왜곡한다. 혹은 은닉한다. 위의 시처럼 정상과 이상이 양파처럼 서로를 감싸는 겹구조를 지니고 있는 시들이 황성희의 이 시집에서 많이 나온다. 권혁웅은 이를 "참말을 드러내기 위해 거짓말을 제출하는 이상한 나라의 발화"라고 하였다. 사실 이것은 "정상적인 표면이 숨기고" 있는 "이상한 문법"이다. 숭고한 것들이 증발하고 남은 현실이 누추하게 드러난다. 그것을 목도한 어법은 풍자와 조롱으로 드러난다.

하나의 자극을 동시에 둘 이상의 감각으로 느끼는 현상은 자신을 하나의 정체성에 한정 시키지 않는 공감각의 능력이다. 들뢰즈의 '기관없는 신체'란 기관이 없는 것이 아니라 단지 유기적 조직이 없다는 것이다. 달리 말해 신체는 기관을 가진 것이 아니라 '경계' 혹은 '층리'들을 가진다. 감각은 그리하여 진동이다. 파동이 신체를 주파 한다. 감각은 유기적 활동의 경계를 잘라 버린다. 유기적 조직을 뛰어넘어 혼돈과 암흑 속에서

리듬의 통일성을 찾는 것, 이것이 위의 시를 읽는 원리로서 작동된다.

분별과유(有爲)의 방식으로 이해하면 사물은 이것(This)과 저것(That)으로 한정된다. 하이데거는 세상을 보는 방식을 '일상의 이해 방식'에서 '경이의 이해 방식'으로 전환하도록 촉구한다. 세상을 바꾸려고 하지 말고 세상을 보는 네 눈을 바꾸라는 것이다. 자꾸 변하는 세상을 항상 그대로 고착되어 있는 것으로 보는 것은 관습적 사고방식으로 그 바탕에는 통제 지배력이 깔려 있다. 여기서 모든 괴로움이 발생한다. 주객이 공히 무너져야 경이로운 존재의 의미가 드러난다. 이는 언어활동이 "훨씬 복잡하고도 다양한 체계 속에서 구동되며 시적 주체는 언어의 개별화의 문제 다시 말해 언어적 과정과 절차로서 존재한다는 사실을 환기한다. 이와 관련하여 나는 조계종 포교사 대학원에서 간화선 강의를 하던 김홍근 선생님을 모시고 몇 분의 시인들과 함께 강연을 들은 적이 있다. 기억에 남는 그 때의 말씀으로 글을 맺는다.

나귀가 주체가 되어 바라보는 것이 아니라 우물이 주체가 되어 바라보는 것, 그럴 때 시인의 가치 판단은 자의식에 물들지 않게 된다. 우물은 가만히 있는데 그 속으로 구름도 비추고 나무도 비추고 해님도 그림자도 다 비추듯이, 인간이 예술을 하는 것이 아니라 예술이 예술을 하는 것이다. 시인은 그저 받아 쓸 뿐이다.

유목의 양상 혹은 육체로부터의 탈주

자전거는 늘 스쳐 지나는 것의 순간을 달린다. 순간에서 순간으로 이동하는 방법을 알기 위해 자전거의 뒷바퀴는 자신의 앞바퀴를 힘차게 굴리며 간다. 굴린다는 단순한 동력이 0.01mm 두께의 어스름을 뚫고 그 너머 공간으로 빨려 들어간다. 투명과 불투명의 어스름을 건넌다. 어스름의 정막에서 풍기는 냄새를 추적하느라 자전거는 살이 찔 겨를이 없다. 뼈만 앙상한 貧者가 되었다. 고개 들어 바라본 하늘엔 중간 기착이나 공중 급유 없이 1만 피트 상공을 통과하는 구름의 체액이 보인다.

— 장인수,「자전거는 순간에서 순간으로 이동한다」전문

나의 아파트엔 작은 도서관이 있다. 일명 문고이다. 이 문고를 이용하는 사람들은 주로 학생들이다. 주민이 이사 갈 때 간혹 다 죽어가는 화분을 문고 앞에 놓고 간다. 어쩌다 보니 내가 그것들을 들여놓고 물을 주고 가꾸게 되었다. 여름이면 문고 밖 테라스에 그동안 끌어들인 화초들을 내어놓고 비와 바람 햇볕을 마음껏 만나게 한다. 올해도 어김없이 겨울동안 실내에서 지낸 화초들을 밖으로 내 놓았다.

며칠 후 명랑하고 청초한 화초들이 새까맣게 타서 잎사귀를 떨구기 시작했다. 해피트리, 군자란, 다육이 염좌가 내리쬐는 태양 앞에서 속수무책 시들고 있었다. 나는 그제서야 깨달았다. 화분을 서늘한 실내에서 뙤약볕에 내놓기 전에 적응할 시간을 주었어야 했다는 것을……. 사경 속에 든 화초들은 어느 순간 작정하고 시름시름한 잎들을 스스로 떨구어 내기 시작하더니 한동안 습기와 열기 속에 죽은 듯이 고요했다. 얼마의 시간이 흐르자 해피트리는 움이 돋기 시작했다. 군자란도 싹을 내밀기 시작했다. 주변의 공기를 탐색하여 재정비된 환경 속에서 다시 생명의 잎새를 피어 올리는 것이다. "나는 지각한다 고로 존재한다" 고 말한 현상학자는 메를로 퐁티이다. 이런 몸의 정치학은 자신이 어디에 있든 현재의 상태를 스스로 느낀다는 것.

프랑스 한적한 소도시로 전근하게 된 나의 딸은 최근 자전거를 사서 출퇴근을 하고 있다. 비교적 운동 신경이 둔하지 않아 별로 걱정하지 않고 있었는데 어느 날 낯선 모퉁이를 돌다가 돌부리에 채어 크게 넘어졌다고 한다. 그녀가 다친 것이 부주의에 의한 것이기도 하겠지만 생소한 지리와 바뀐 환경에 대한 긴장감이 무의식중에 작용했으리라는 생각이 든다.

메를로 퐁티는 세계 인식의 통로가 정신과 육체로 구분되지 않고 지각이라는 자율적인 의식으로 통합된다는 사실을 주지하고 있다. 딸아이가

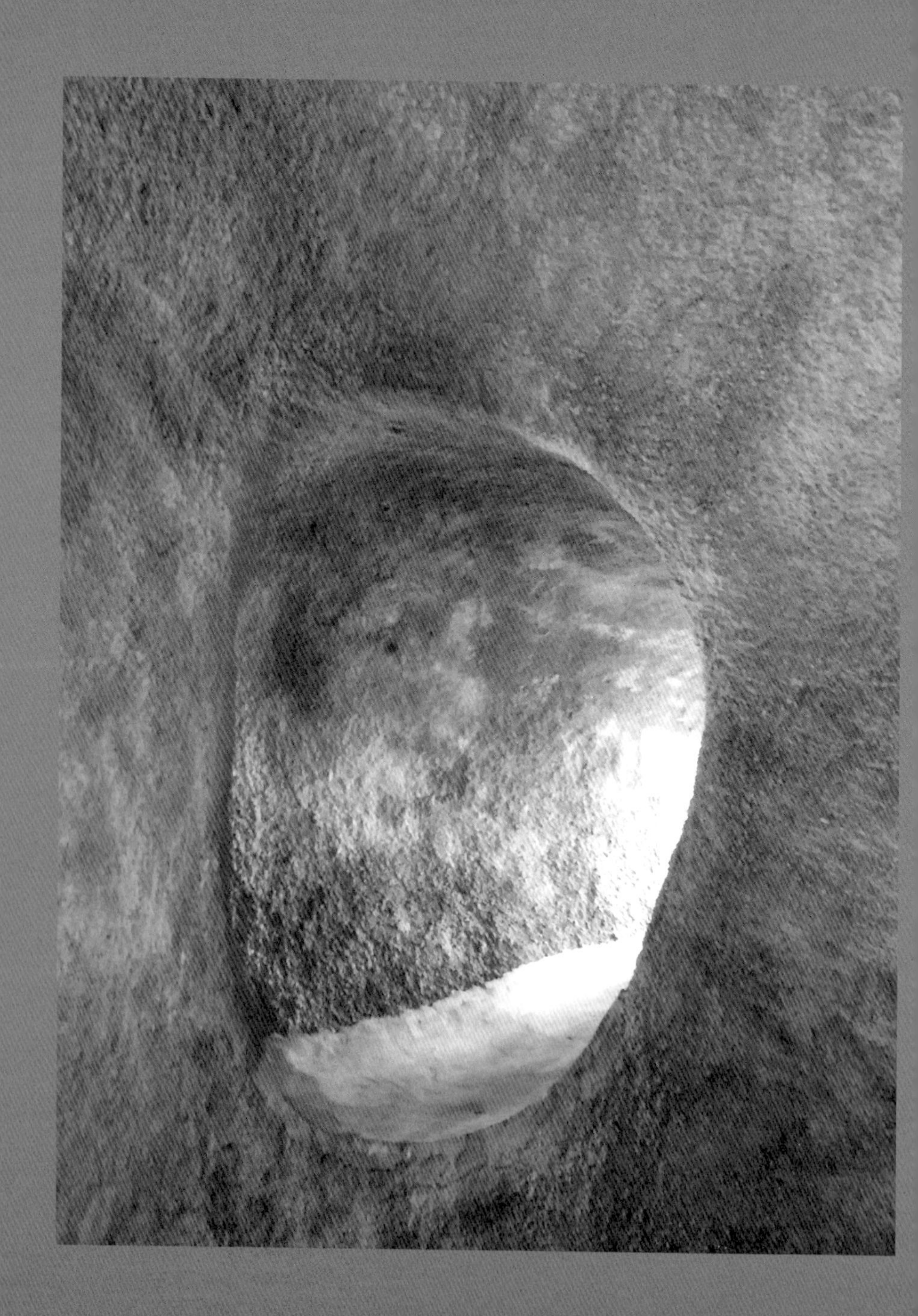

평소 좋아하는 피아노의 음율처럼 그녀의 일상이 익숙하거나 심원한 어떤 느낌을 가지고 있었다면, 예컨대 위 시에서의 자전거처럼 "뒷바퀴가 자신의 앞바퀴를 힘차게 굴리며" 가는 일상이었다면 "순간에서 순간으로 이동하는" 그녀의 육체는 피나는 사고가 없었을 것이다. 마음의 근육을 살피면서 자연스럽게 그녀는 그녀의 움직임을 재조정했을 것이다. 새로운 환경에서도 그녀 삶의 동력이 "0.01mm 두께의 어스름을 뚫고" 단순하게 지나갔으리라. 낯선 "그 너머 공간으로 빨려 들어"가듯 넘어지지 않고 "투명과 불투명의 어스름을 건너"갔으리라.

뜨거운 태양 아래 화초들이나, 미지의 땅에 발 들여놓은 나의 딸이나, 어스름의 정막에서 냄새를 추적하는 자전거는 모두 동일한 처지다. 생동하는 지구에서 식물도, 사람도, 사물도 자연스럽게 자신을 갱신해 나가야 할 의무가 있다. "중간 기착이나 공중 급유 없이 1만 피트 상공을 통과하는 구름의 체액"처럼 말이다.

피아노 위에 손을 얹어 진동을 느끼던 헬렌 켈러처럼 시간이 지나 딸은 다행히 새로운 환경에 안착하고 있다. 온몸으로 체험된 지각이 그녀의 의식을 생성하고 그것이 계속해서 안전하게 그녀를 추동하는 힘이 된다면 바랄 게 없다. 고립되고 정체된 육체로부터 탈주를 꿈꾸는 것은 끊임없이 교정되는 정체성이다. 이것은 전혀 새로운 제3의 가능성을 겨냥한다. 그것에 필자는 '자유'라는 이름을 붙여준다.

너는 바람장수
아니, 호박장수
다른 아침에서 온 떠돌이 신발장수

너는 짐짓 자신의 가슴 안으로 손을 찔러 넣어
쪼그라든 부레를 꺼내 흔들어 보이곤 했다
"알고 있었니 우리가 바다라는 거"
똥그랗게 물고기 눈으로 올려보는 아이들에게
풍선을 불어주곤 했다

저문 강물 쪽으로 서 있던 사진 속 아프가니스탄의 그 풍선장수처럼
너는 자전거 뒷바구니 가득 풍선다발을 매달고
바다시장 사람들 사이를 지나가는 키다리 풍선 장수

— 류인서, 「풍선장수」 부분

세계나 인생의 도처에는 재난이 있다. 아프가니스탄은 이슬람공화국으로 지리적인 요건 때문에 강대국들의 공격을 받았다. 인간이 만들어 놓은 차별과 편견의 세상에서 사람들은 아파한다. 갈등과 다툼은 끊이지 않고 그 속에서 연약한 아이들이 다치거나 죽는다. 사진 속 풍선장수는 전쟁이 일어난 과거의 저문 강물 쪽으로 서 있다. 하지만 시 속의 '풍선장수'는 바람처럼 현재의 이곳을 지나고 있다. "자전거 뒷바구니 가득 풍선다발을 매달고" 전쟁 같은 바다시장을 건너간다. 「풍선장수」는 순간순간의 상황 속에서 바람장수, 호박장수, 떠돌이 신발장수로 매번 새롭게 태어난다.

주체는 끊임없이 유동하면서 조정된다."자전거 뒷바구니 가득 풍선 다발을 매달고 / 바다 시장 사람들 사이를 지나가는 키다리 풍선장수"는 경

쾌하고 자유로운 이미지를 발산한다. 그 어디에도 남루한 그림자가 얼비추지 않는다. '탈경계'와 '탈정체'와 관련된 '노마드'에 비추어 그는 분명 변방인이지만 이 시를 읽는 독자들의 마음을 자유롭고 행복하게 한다. 왜냐하면 그는 "똥그랗게 물고기 눈으로 올려보는 아이들에게" 풍선을 불어주기 때문이다. 아니 자유를 불어주기 때문이다. 그러면 쪼그라든 부레를 활짝 펴고 물고기 같은 아이들이 바다(바다시장)를 이리저리 헤엄쳐 다닌다.

여성,
몸의 경계를 허무는 타자

최근 한국 사회에서 젠더 문제와 페미니즘 담론이 터져 나온 것은 강남역 9번 출구 사건을 계기로 한다. 페미니즘 테마는 그동안 가시화 되지 않았던 성추문이 공론화 되면서 다시 수면 위로 떠올랐다. 남성적인 문맥에서는 미처 포착하지 못했던, '타자성', '억압', '욕망', '주변성' 등 여성적인 것의 의의와 갖가지 성모순과 이것을 매개로 한 우리 시대 전체적인 모순이 드러나기 시작한 것이다.

이것은 또한 "지배적 무의식을 대표하는" 남성 중심 체계로부터 배제되었던 여성들이 이러한 체제의 허위성을 폭로하고 고정된 통념에 저항하며 남성적인 서사 구조에 새로운 기준을 제시하는 시도라 할 만하다.

김혜순은 80년대 후반부터 이미 이러한 남성 중심의 관점으로부터 누락되었던 '타자'들을 복원하기 위해 "보이는 것 뒤에 작동하는" 힘을 다양한 시적 방식으로 풀어내고 있다. 그럼으로써 그의 시각은 당대의 시들과 뚜렷한 구별을 이룬다.

일찍이 시인은 문학상 소감의 말에서 "나는 여성이며 한국 사람이다. 나의 시에도 감출래야 감출 수 없는 타자성이 고스란히 들어 있다. 나는 그 타자성으로 시 안에서 울고 웃는다."라고 말한 바 있다. 이것은 그녀의 시 쓰기가 남성적 담론 질서와 관습적 장르의 억압으로부터 어떻게 자신의 언술을 개척해 나갈 것인가를 보여주는 발언이기도 하다.

> 내 몸의 구멍 참 많다 / 망양정 정자 위에 높다랗게 올라서면 / 동해 바다가 / 내 구멍을 채우러 / 들어온다 / 내 온몸엔 마구 흘러다녀도 될 / 구멍 참 많다 / 바다는 빈 구멍마다 / 들어와 샌다/ 흐른다
>
> (… 중략…) 죽음도 나왔다가 들어가는 구멍 / 그 구멍 속에다 / 저마다 죽음을 기르는 사람들 / 그 구멍 속에서 / 죽음을 꺼내놓기 안타까워 / 저렇게 발 구르며 / 표효하는 저 남자 / 죽음을 안고 / 웅크린 나를 향해 / 내놓아라 / 내놓아라 / 그래야 사는 법 / 설교하는 저 성자 할아버지

김혜순은 논리적이고 지성적인 남성에 비해 물리적으로 여성이라는 열등한 위치를 "정신이 물질을 억압하" 듯 결핍으로 구멍이 숭숭 뚫린 고통스러운 여성의 몸을 통해 형상화 한다. 하지만 또 그런 몸을 독려하며 거기 함몰하지 않고 끔찍한 세계의 배면에 있는 경쾌함의 세계를 생기의 언어로 획득하고 있다. 그리하여 그의 시적 화자가 곤경에 처해 있을 때마다 그 비극적 양상을 분노로 폭발시키는 대신 시적 연상의 자유로움으로 변형 시킨다. 그렇게 해서 세계와 접촉하는 그의 몸은 외압의 무게를 줄이고 탄력성을 회복한다.

'객관'과 '권위', '무게', '합리성', '통제' 등의 남성적 언어 구사에 비해 '직관', '민감', '무형태', '열정', '아이러니' 언어를 구사하는 김혜순의 시는 '즉시성', '순간성', '유동성' 등의 요소가 어우러져 세상의 파편화와 부조화에 맞서 그에 알맞은 폭과 넓이를 확보한다. 이러한 방법적 성찰은 그의 여성적 무의식 안에서 길어 올려진 심리적 현실과 맞닿아 존재의 상승과 하강의 심화로 이어진다. 이것은 그의 무의식의 에너지가 고스란히 실려 있는 주술적 어법과 만나는 지점이 된다.

나는 이번 생에 복숭아 하나 얻으러 왔어 / 당신이 떠나가며 한 모금 울컥 뱉어놓은 / 그 붉은 얼룩 / 그것을 구하러 왔어 / 당신은 저 유령들의 세상에서 병들어 있다는데 / 나는 눈 내리는 이 겨울밤 이 얼어붙은 골짜기 / 그만 눈밭에 흘려버렸나봐 / 어디에 있는 거야? / 이 눈밭을 한 바퀴 돌고 나면 붉은 아기는 / 하얀 할머니 되고 하얀 할머닌 붉은 아기 된다는데 / 복사꽃 난분분 난분분 흰 눈은 / 밀려오고 다시 또 오는데 / 가도 가도 희디흰 백지 / 발자국 남기자마자 지워지는 내 평생의 족적 / 저 땅속 깊은 곳 어디선가 눈뜨는 핏발 선 눈동자 하나 / 벌어진 내 자궁 속에서 튀어나온 그 뜨거운 것 / 연필은 똑 부러지고, 숙제는 많은데 / 그런데 정말 어디에 있는 거야? / 어디선가 복숭아 향기 그윽이 오는 것만 같은데

— 김혜순, 「백년 묵은 여우」 전문

「백년 묵은 여우」 속의 복숭아는 우리의 상상력 속에서 재생의 의미를 가진다. 시인은 감각과 이미지로 몸의 언어를 새롭게 쓴다. 당신이 저 세상으로 갈 때 울컥 뱉어놓은 그것(복숭아)을 찾기 위해 하얀 눈밭 위에서 붉은 아기인 내가 하얀 할머니가 되고 다시 붉은 아기가 되면서 나는 늘

순환하는 실체가 된다. 새롭게 태어나고 싶은 욕망을 비추는 이 거울은 복숭아 하나만 비추는 평면거울이 아니다. 수많은 프리즘으로 만들어진 거울 속에 몸의 여러 이미지가 비친다. 그리하여 지금 이 순간의 절망의 풍경을 실연하는 극적인 상황도 시간 여행자의 역동적 이미지로 죽음을 극복하고 세계의 새로운 생성에 다가선다.

타자성이 몸에 새겨져 그 수난사가 기록된 것이 여성의 몸이다. 그러나 여성의 몸은 물리적 영역인 자연과 동일시되어 세상의 몸과 연속성을 지닌다. 그 둘은 함께 호흡하고 함께 움직인다. 김혜순의 부정의 언어는 몸이라는 주제를 중심축으로 펼쳐지는데 세계의 부정성이 내면화 되어 시인의 몸과 중첩을 이룬다.

> 무덤은 여기 / 가슴에 매달린 두 개의 봉분 / 이 아래 몇 세기 전의 사람들이 아직 묻혀 / 숨 들이켜고 있는 곳 무덤은 여기 / 바다에 달 뜨고 달 지듯 / 두 개의 무덤 아래 / 죽은 자들이 모여 살면서 / 망망대해를 펼치고 오므리는 / 달을 건져 올리고 끌어당기는 / 여자의 깊은 몸 구중궁궐 / 또한 세상, 무덤은 여기 / 몇 세기 전의 어둠이 아직도 / 피 흘리며 갇혀 있다가 / 초승달 떠오를 때 / 기지개 켜는 곳 / 여우와 뱀이 입 맞추고 / 초록 풀 나무 덩굴이 수 천 번/ 되살아나고 되지는 곳 / 어느 별의 지옥은 여기
>
> — 김혜순, 「어느 별의 지옥」 전문

위 시에서 시인은 여성의 몸을 이면적이고 가치 없는 '무덤'으로 그리고 있다. 이 무덤은 "몇 세기 전의 어둠이 아직도 피 흘리며 갇혀 있"는 여성의 역사적 공간이지만 시인은 그 역사를 부정하지 않는다. 내적 해방

을 향한 투쟁의 몸짓도 없고 다른 세계를 펼치는 반역의 기운도 없다. 다만 자신 안에 존재하는 현실적 질서의 공간 — "초승달 떠오를 때 / 기지개 켜는 곳, 초록 풀 나무 덩굴이 수천 번 / 되살아나고 되지는 곳 / 어느 별의 지옥"을 펼쳐 보이며 시적 이미지로 '여성'을 드러내고 있다. 그리하여 "가슴에 매달린 두 개의 봉분"이 가리키는 몸은 무한한 자기 허여를 풀고 있는 듯한 여성의 모습 그대로를 반영한다. 그것은 시인의 시적자아이며 죽음으로 현전하는 이미지이다.

> 욕조에 담긴 미지근한 물이 말한다 / 내 전신에 가득 스민 당신 / 당신 귀로 돌아갔던 음악처럼 / 나는 당신 몸을 속속들이 / 다 더듬었는데 / 당신은 어딨니? // 욕조에 담긴 식은 물이 말한다 / 나는 대머리지 / 머리털이 없지 그래서 / 냄새도 없지 / 그러나 / 이제 당신 냄새로 / 이렇게 썩어가지 // 음악이 말한다 / 나는 손이 없지 팔도 없지 / 당신 땀구멍까지 다 껴안아줄 수는 있어도 / 당신을 잡을 수는 없지
>
> — 김혜순, 「미쳐서 썩지 않아」 전문

"욕조에 담긴 미지근한 물"과 "식은 물"은 주체가 사라진 텅 빈 무, 혹은 욕망이 사라져 소멸되는 존재이며 "당신 냄새로 썩어가는" 육체가 되는 것이다. 나는 늘 당신을 꿈꾸지만 당신의 몸으로 내 몸을 가득 채울 수 없다. 내 몸의 창들이 당신의 부재 때문에 썩어간다.

관습적인 것이 아무런 비판도 없이 향수된다면 새로운 것은 혐오감을 가지고 비판되어 진다. 당신을 더듬고 껴안을수록 계속해서 결핍감만 더해지는 나의 형상은 뭉개지고 변형되고 일그러진다. "머리털이 없다 그래

서 냄새도 없다… 당신 냄새로 이렇게 썩어가"는 나에게 내 속의 괴물에게 침을 뱉는다. 그리하여 내 몸은 아프고 내 몸 안에 어둠이 머문다. "은총의 상태를 포기한" 시적 화자의 멜랑꼬리는 죽음의 불가피성과 영생의 불가능성을 드러낸다. 이것은 또한 — "이렇게 썩어가지"에 대한 인식에서 비롯되는 자기 반영으로 폐허 속에 흩어지는 파편들이다.

"역사의 세속적인 전개는 세계의 고통의 역사다" 이것이 바로크 비극에서 벤야민이 읽어내는 '이념'일 때 재현 기계의 산물 중에서 가장 구토를 일으키는 존재는 바로 아폴론에 순종하지 않아 벌을 받는 카산드라나 율리시스를 기다리는 페넬로페와 같은 좌절과 절망을 대변하는 여성들이다.

> 그녀가 온다. 태풍의 눈을 둥둥 두드리며 온다. 나는 그녀가 잘 지나가라고 내 몸을 판판하게 펴준다. 내 몸 위로 말발굽이 지나간다. 그녀의 날선 칼이 내 눈 속에서 번쩍한다. 어디선가 전투기들이 출정한다. 멀리서 온 태평양 함대가 전멸한다. 텔레비전 방송국이 폭발한다. 궁성의 우물들이 넘쳐흐른다. 그녀의 눈 속에서 샘물이 철철 솟아 흐른다. 검은 별들이 비 오듯 쏟아진다 물쥐들이 머릿속을 갉아 먹는다. 그녀가 온다
>
> — 김혜순,「낙랑공주」부분

사회의 어떤 징후를 공적 무대의 허구들과 외침들에 대조시키는 것은 바로 문학 자체이다. 재현적 전통의 등급을 폐지하고 다른 한편으로 사물들, 사람들 몸 위의 기호를 읽기 위해 시대와 사회의 부정적 징후들을 발견하는 것, 그 자취들로부터 세계를 재구성하는 것이 김혜순 시의 특징이 된다.

생명의 열이 가득 찬 이 시인의 시적 형식과 상상력의 가장 초보적인 행

위는 해체이다. 그리하여 육체의 확장과 탈 제도화 ―"두꺼운 아버지의 고막을 찢고 그에게 가리"와 같이 낡은 주체의 무덤에서 이제 새로운 주체가 걸어 나와야 한다. 이것은 사회의 비합리성을 비판하는 탈근대적 주체, 역사에 최종 목적은 설정하지 않으나 저항을 포기하지 않고 "아직 존재하지 않는 것"을 포착하는 현대적 의미의 여성적 주체를 말함이다. 이것이 또한 이성의 폭력성을 철외하고 개별자들의 존재를 존중하고 동일화의 강박을 벗게 한다.

김혜순 시 속에서 시인의 몸은 욕망과 억압이 소용돌이치는 여성의 몸으로 드러나고 있다. 이것은 여성의 수난사가 기록된 몸이다. 결핍을 보상할 길 없는 열등한 몸이자 고통으로 채워진 아픈 자의 몸이다.

한국 현대 문학사를 통해 바라본 여성 문학은 억압과 소외의 현실로부터 자유롭지 못했다. 1980년대 이후에야 여성 시인들은 남성적 질서와 맞설 수 있는 미학적 가능성을 전면적으로 타진하기 시작한다. 1990년대 이후 급부상한 여성문학의 한 자리를 차지한 김혜순은 탈 중심성의 시를 통해 직선적으로 흐르는 시간을 탈출하려 하지만 너무 전투적이어서 남성을 끝까지 적으로 만들거나 여성만이 아프다고 말하는 상투성으로부터 벗어나 개별성과 보편성을 획득한다.

사랑과 모성 등 여성적 가치를 중심으로 여성의 힘과 다름을 강조하며 그는 지금까지의 여성문학이 이룬 성과들의 한계를 보완하고 주변부에 존재했던 여성 문학의 무한한 가능성에 참여한다.

1960년대 시의 두 양상

모더니즘 시와 서정시를 구별하는 60년대 시의 흐름은 김수영과 신동엽 등의 시인들이 보여주는 '참여시적 경향'과 김춘수의 시에서 나타나는 '순수언어'에 관심을 가진다. 50년대의 카오스를 넘어 60년대 문학이 보여주는 것은 '주체의 자기의식'이라 할 수 있다.

세계에 대한 부정과 비판, 내면을 향한 반성적 시선이 긴장을 이루는 지점에 주체의 자리가 형성된다. 60년대 문학을 논하는데 있어서 '반성적 주체'의 문제는 근대성의 문제를 해명하는 주요한 단서가 된다.

김수영과 신동엽의 시세계

독일의 철학자이자 미학자인 테오도어 아도르노(Theodor Wiesengrund

Adorno)는 사회적 제반 조건에 의해서 객관적으로 규정되는 것을 '주체'로 보았다. 그뿐 아니라 이를 일종의 허위를 벗어버리는 행위 자체로 간주한다. 전쟁의 상처에 직접적으로 노출되었던 50년대를 지나 세계에 대한 비판적 인식과 내면적 반성의 사유방식이 60년대 시적 주체들에게 요구 되었다. 이에 김수영과 신동엽의 시에서 드러나는 시적 주체의 사고방식을 살펴봄으로써 60년대 세계의 존재양상을 읽어내고 이 시기 근대성이 도달한 자리를 가늠해 볼 수 있다.

김수영은 전후의 혼란한 사회 속에서 지속적으로 모든 사물과 외부 현실 바로 보기에 전력하였다. 김수영의 근대적 이성은 4·19를 기점으로 하여 커다란 변화를 겪는다. 한국의 근 현대사에서 4·19는 진보와 자유를 향한 근대적 이성의 정점을 보여준 사건이었다.

4·19의 혼돈 체험을 계기로 김수영은 새로운 시적 사유의 과정을 밟아나간다. 시인은 이 역사적 상황을 겪어내면서 비로소 현실에 대해 전면적으로 새로운 시각을 보여줄 수 있었다. 혁명의 좌절 이후 전개된 일상의 경험을 주체의 자기의식으로 강화하는 방향으로 김수영의 시 세계는 출발한다. 그는 당대적 삶을 텍스트화 하는 과정 속에서 일상의 문제를 수용하고 내면화하는 근대적 주체의 사유 방식을 보여준다.

> 市長거리의 먼지나는 길옆의 / 좌판 위에 쌓인 호콩 마마콩 멍석의 / 호콩 마마콩이 어쩌면 저렇게 많은지 / 나는 저절로 웃음이 터져 나왔다. // 모든 것을 制壓하는 生活 속의 / 愛情처럼 / 솟아오른 놈 // (유년의 기적

을 잃어버리고 / 얼마나 많은 세월이 흘러갔나) // 여편네와 아들놈을 데리고 / 落伍者처럼 걸어가면서 / 나는 자꾸 허허…… 웃는다 // 無爲와 生活의 極點을 돌아서 / 나는 또 하나의 生活의 좁은 골목으로 / 들어서면서/이 골목이라고 생각하고 무릎을 친다

— 김수영, 「생활」 부분

김수영의 시에서 드러나는 '활기'는 도시적 생활이 보여주는 속도감에서 나오는 것이 아니다. 4 · 19 혁명이 좌절된 직후에 쿠테타의 방법으로 집권한 5 · 16군사 정권은 역사적 정당성을 결여하고 있었다. 따라서 그 정당성을 확보하기 위해 왜곡되는 공동체 내의 인간관계를 대면하면서 시인은 그러한 사회 속에서 살고 있는 자신의 내부에 도사리고 있는 속물성과 비굴성을 자각한다. 시인이 이 도시적인 것의 부정성을 인식할 때, 현실의 소음으로부터 내면의 투명성을 지킬 때. 혹은 일상의 소음이 지닌 부정성을 반성적 사유로 끌어들일 때 그의 시는 생기가 돋는다.

문학평론가 김준오는 60년대 시를 부정적 세계에 대한 비극적 인식으로 보았다. 그는 이 시기 '세계 상실의 허무주의'가 훼손된 존재와 그 본질에 대한 미학적 저항의 양상으로 드러난다고 보았다. 김수영의 언어에 대한 자의식 역시 미학적 성취의 계기로서 작용한다.

경쟁과 양적 성장만을 목표로 하는 1960년대 자본주의적 근대화의 질서 체계 한 가운데서 김수영이 꿈꾼 것은 '새로운 역사', '위대한 도시'였다. 이것의 실현을 위해 그는 시에서 '전통'과 '사랑'을 역설한다. 즉 그가 반성하는 사유 과정은 전통과 사랑의 발견을 통하여 새로운 질서를 모색

하는 것이었다.

60년대 4·19 체험으로 인간에 대한 사랑을 체현하고 있었던 또 한 시인이 있었는데 그가 바로 신동엽이다. 시인이 지향했던 세계는 '두레 공동체 사회'이다. 이는 진보적이기보다는 과거 지향적인데 4월 혁명 이후 자유에의 의지를 강렬하게 형상화한다.

> 누가 하늘을 보았다 하는가 / 누가 구름 한 송이 없이 맑은 / 하늘을 보았다 하는가 // 네가 본건, 먹구름 / 그걸 하늘로 알고 / 一生을 살아갔다 // 네가 본 건, 지붕 덮은 / 쇠항아리, / 그걸 하늘로 알고 / 일생을 살아갔다. // 닦아라 사람들아 / 네 마음 속 구름 /찢어라, 사람들아, / 네 머리 덮은 쇠항아리
>
> —신동엽,「누가 하늘을 보았다 하는가」부분

신동엽은 이즈음의 세계가 피폐한 원인이 기계 문명에 있다고 보았다. 그의 반문명적 사고는 60년대가 근대화 서구화의 길, 즉 서구에 대한 종속의 길이었다는 점을 감안한다. 올바른 근대성은 무조건적인 서구적 근대화의 추종이 아니라 극복이라는 점과 궤를 같이 한다.

신동엽의 시가 이 시에서처럼 '원시주의'적 요소를 갖고 있지만 이것은 근원적 세계의 회복을 지향하는 시인의 의식에서 비롯된다고 볼 수 있다. 그의 시에서 도시와 대타적으로 설정된 공간은 '고향'이다. 고향은 근원적 생명의 세계가 보존된 공동체를 의미한다. 60년대 도시화의 진행과 연관된 또 다른 측면은 고향이라는 공동체의 삶이 파괴당하여 폐허의 모습으로 드러나는 점이다.

신동엽은 근대화의 진행 과정의 본질을 '노동'과 '소외'라는 점을 짚어 내고 있다. 이러한 부정 정신과 함께 세계 생성의 행위 속에서 그의 문학적 효용성은 극대화 된다. 동학혁명과 4 · 19는 역사적으로 과거 완료된 것이 아니라 끊임없이 현재화되는 역사이다. 그의 시 〈금강〉에서 보여주는 역사로의 귀환은 현실을 역사성의 텍스트로 전이시킨다. 그의 모더니티는 가장 구체적인 현재성 속에서 역사의식을 정의한다.

김춘수와 데포르마시옹의 시학

모든 원칙의 부정'과 '영원한 변화'의 조류 가운데 현대문학의 특성이 놓여있다면 대상 세계와 자아의 부정을 통한 세계 인식의 길을 찾은 사람 가운데 또 한 시인, 김춘수가 있다. 그는 과거와의 결별을 통하여 현재를 일구어내는 '현대'의 특성을 문학에서 유감없이 발휘한다. 아도르노는 "문학에 대한 규정은 일상적 어법과 생활 세계로부터 유리되고 탈 중심화된 지점에서 출발한다"고 하였다. 예술에 관계되는 어떠한 것도 자명하지 않다는 사실은 '새로운 것', '과도적인 것', '잠정적인 것', '활동적인 것'에서 문학적 성격을 해명하는 것과 같다.

시인 김춘수는 존재에의 관념적 탐색을 지속했다. 또한 자기 시 세계에 대한 부정의 연속을 통해 인간의 훼손된 본질을 회복하고자 노력하였다. 합리적 인식 대신에 의미가 배제된 리듬만의 '무의미'시로 귀착하여 현실을 대상화하였다. 이 대상 세계를 이미지로 재구성하는 작업을 통해 이미

지의 통일성을 와해시켰다. 그리하여 상식적이며 일상적인 담론의 소통을 지양하였다. 그는 끊임없이 과거를 부정하면서 새로운 것에 탐닉하면서 현대적 정신을 드러냈다.

1960년대 문학의 새로운 점을 말하는 가운데 시인 김춘수는 인간의 실존적 불안을 유발하는 현실을 기록한다. "세계를 상실했다는 자의식은 필연적으로 세계의 본질에 대한 인식과 함께 기존 언어체계에 대한 불신과 회의에 도달"한다. 그는 "타락한 현실에서 소통되는 언어는 그 현실에 오염될 수밖에 없다"는 판단에 이르게 된다. 그리하여 '데포르마시옹(회화나 조각에서 대상을 사실적으로 그리지 아니하고 주관적으로 확대하거나 변형하여 표현하는 기법)의 시학'을 통해 그는 현실적 체험으로부터 해방된 절대언어의 형식이라는 모험을 구체화 한다. 인지 가능한 실재 세계를 부분들로 해체하고 분해하는 이 작업은 정신의 힘이 주도적인 작용을 한다. '데포르마시옹(변형)' 시학을 통해 만들어진 새로운 세계는 더 이상 규범적인 현실의 질서에 의해 통제되지 않는다. 이 세계는 언어 속에만 존재하는 자율적인 형상체가 된다.

이렇게 비 실재적인 데포르마시옹 시학은 인간 중심적인 관점을 포기한다. 이에 따라 창조된 대상은 사물화와 익명화의 경향을 띠게 된다. 이런 미학적 특성은 이승훈의 '비대상시', 오규원의 '사물시', 정현종의 '주객 혼융'을 시도하는 '추상 경향의 시' 등으로 이어진다. 60년대 모더니즘 시의 방법적 핵심으로 떠오른 데포르마시옹의 시학은 과학적 합리성에 의해 포착되지 않는 또 다른 현실이 존재한다는 점을 보여 주었다.

전쟁이 끝난 세계 속에서 스스로의 자유를 구가하는 60년대 시인들의 태도는 본질을 지향하는 언어 실험을 계속하였다. 이를 통해 세계 상실 의식을 각자의 미적 태도에 따라 매우 다른 양상으로 변용하였다. 그것은 자기 시와 사회에 대한 매우 의식적인 탐구를 보여 주는 행위였다.

참고문헌
강소연, 『1960년대 사회와 비평문학의 모더니티』, 역락, 2006.
민족문학연구소, 『1960년대 문학연구』, 현대문학분과, 깊은 샘, 1998,
강연안, 『주체는 죽었는가』, 문예출판사, 2001

말라르메를 만나다

말라르메는 끊임없이 자기 예술의 수단인 언어에 대해 성찰하고 나름의 방법으로 자기 예술의 본체를 만든 사람이다. 그는 무엇이든 완벽하게 해야 한다는 보들레르의 율법을 자기의 삶 세부까지 준수하였다. 세공사가 보석을 다듬듯 언어의 모든 단어들을 하나하나 검사하고 비춰 보았다. 시어를 엄격히 엄선하여 가장 순수하고 밀도 높은 시의 경지에 이르도록 순수시 이론을 펼쳐 나갔는데 이 과정에서 삶에 거리를 두고 정신적 완성의 추구를 목적으로 금욕과 절제를 미덕으로 산 이상주의자였다.

말라르메를 추종하는 폴 발레리는 온갖 수월함과 행복한 결말을 거부하는 그(말라르메)를 일러 '숭고한 사람'이라고 하였다. 사실 조악하고 허영으로부터 멀리 벗어난 그는 마치 순교자와 같은 존재였고 그러한 심오

함의 깊이는 일종의 고귀함을 증언하는 것처럼 보이기도 했다. 이 고귀한 의지를 가진 사람이 젊은 발레리에게 준 정신적인 교훈은 무엇이었나? 그것이 곧 언어의 본성을 묻는 질문으로 대치될 수 있을까?

언어형식에 지나치게 비중을 두면서 통사구조 자체에 열중하는 말라르메에게서 발레리는 하나의 대 수학의 형식을 발견한다. 그는 그것들이 지성적인 세계구조를 발견하도록 인도한다고 하였다.

하지만 말라르메의 이러한 완벽주의에 대해 반감을 갖는 문우와 독자들이 생겨나고 이들은 그의 글을 두고 겉 멋 부림과 의미의 빈곤, 난해함이라는 공격을 가하기도 하였다. 사실 말라르메는 자기가 마치 언어를 창안해내기나 한 것처럼 비범한 야심을 가지고 순수시에 대한 초인적 집착을 보이기도 하였다. 순수와 순결과 아름다움으로 나타나고 있는 그의 시 '에로디아드'는 그리하여 '미학의 순수한 빙하'라 불리우게도 되었지만 신이 추방된 자리에 시성의 원리로 암중모색, 조직되는 시의 말이 과연 하나의 길을 발견할 수 있을까?

발레리는 고립된 확신 속에서 희망과 신념을 가지고 언어의 신비를 통해 만물의 신비를 표상하려고 한 말라르메에게 일종의 경외감을 갖고 있었지만 사물의 외부적 인상이나 영감에 의존하지 않고 오로지 "시구를 파들어" 가는 일에만 몰두한 그가 맞닥뜨린 것은 '공허'라는 심연이었다. 그는 어떻게 저 메마른 원리라는 절망을 빠져 나올 것인가?

도덕적 경건주의, 무조건적인 정언명령, "너의 의지의 준칙이 언제나 보편적 입법 원리로서 타당하게 행동하라"고 말한 사람은 철저한 도덕주의자 칸트였다. "시구를 파들어 가" 그 순간에 사물을 지각하려 한 말라르메는 비루하고 우연한 경험 세계 대신에 완전하고 절대적인 언어세계를 세우려고 하였다.

"불후의 언어"를 조직하려는 시도는 자신의 의지로 필연적인 우주를 구축하려는 투지라고도 볼 수 있다. 하지만 이 기도는 그를 극단의 허무에 봉착하게 만든다. 그리하여 말라르메는 '실어증'을 앓게 되는데 그것은 인간의 이해를 염두에 두지 않고 작품 그 자체의 논리에만 의지하여 편집적으로 몰두한 그의 노력들이 '숨막히는 도덕 근본주의자'로 귀결했기 때문이다.

말라르메의 순수시에 대한 초인간적 집착이 그에게 실어증의 고통을 안겨 주었듯이 순결의 이상이었던 '에로디아드'는 그 불모성으로 끝끝내 시인을 괴롭혔고 완성을 보지 못하게 되었다.

"불행하게도 시구들을 이 정도까지 천착하면서 나는 나를 절망에 몰아넣은 두 가지 심연을 발견했네. 그 하나는 내가 불교를 알지도 못하고 도달해 버린 무(無)인데 난 아직 너무 비탄에 빠져서 이 시의 진실성을 확신할 수 없고 너무 고통스러운 생각 때문에 포기해 버린 그 작업에 다시 착수할 수 있을지도 의문이네(……) 내가 발견한 또 하나는 내 가슴의 공허

라네."

말라르메가 카잘리스에게 보낸 서한에서 나는 그가 창조의 고통스러운 '의식'을 지속하였기에 공허와 고통을 느끼게 된 것이 아닐까 하는 생각을 갖게 되었다. 세상은 '당위의 철학'으로 움직여지지 않는 법이라서 이성적이고 양심적으로 絶對善을 지향하는 도덕주의는 어느 정도를 넘으면 스스로를 속박하는 이데올로기로 전락하고 만다는 것을 알고 있기 때문이다.

모든 전쟁은 절대선이라는 양심의 이름으로 일어난다는 사실을 우리는 세계 일 이차 대전이나 미국 쌍둥이 빌딩의 폭파에서 볼 수 있었다. 에고가 발동하는 순간 '독선'으로 바뀌게 된다는 것, "너의 준칙을 통하여 언제나 보편적 목적 왕국의 입법 성원인 것처럼 행위하라"고 한 칸트의 한계는 데카르트의 한계요, 머리 좋은 사람들의 공통된 한계일 수 있다.

있는 그대로의 인간의 실상을 보는 것이 아니라 자기가 보고 싶은 이상적 인간만 보는 것은 '의식의 대법'에 의하여 이상적인 지고지선(至高至善)과 일치하고자 스스로를 최면을 거는 도구로 전락하는 게 아닐까? 선자(先子)들은 인간이 양심의 소리를 외면해서는 안 되지만 양심의 소리를 절대화하면 오히려 덩달아 자기 의지도 절대화하는 함정에 빠지게 된다고 하였다.

자신의 양심이 자신의 에고에 물들 수 있다는 사실을 말라르메는 자각하지 못한 채 매우 어려운 처지에 도달하곤 했던 것이 아닐까? 사실 칸트의 철학이나 말라르메의 언어가 '구성주의' 한계내의 것이라면 진리를 정해 놓고자 하는 모든 움직임을 말하는 구성주의의 완성은 도덕주의로 골인할 수밖에 없는 것이리라. 말라르메는 시에 대한 초종교적 믿음으로 수세기를 거쳐 생성된 순수한 시적 진실을 발견하는 것에서 기쁨을 느꼈지만 그런 강한 의지와 자부심 때문에 절대적 고독 속에서 평생을 살았던 것이다.

말라르메에 관해 진지한 이야기를 하는 사람이라면 누구나 그의 '책'을 언급하게 된다. 그는 글을 쓰기 전에 먼저 기획을 하고 가설을 했다고 한다. 그러나 그 가설은 검증된 것이 아니었기 때문에 시 쓰기를 통해 그는 좌절의 무한을 경험하였던 것이리라. 자신이 쓴 책보다 쓰지 않은 책으로 더 유명해진 말라르메의 시는 완전한 것이 되기 위하여 실패작이 되었다는 사르트르의 비판이나 "나 혼자만이 이해할 수 있는 이 원고들은 쓸모없는 짐이 될 뿐이니 태워버"리라고 아내와 딸에게 한 유언을 통해서 예술의 완벽함의 기준을 현실의 한계 밖에 세우려던 그에게서 피해 갈 수 없는 좌절의 실제를 읽을 수 있게 된다.

말라르메의 책은 "단 한 권 밖에 없는" 책이며 세계 전체가 거기에 도달하기 위해 만들어졌기에 오직 그 내부의 질서가 존재할 뿐 바깥이 없는 책이다. "우주에 대해서 우주에 의해 작성되는" 말라르메의 책은 우주의 모든 것을 종합하는 '대문자의 책'이 된다. 말라르메는 신의 의지가 차지하던 자리에 이성적 원리를 대입하여 자연사나 인간사를 설명하려 했고 그것은 근대 인문학의 과제이기도 했다.

그러나 말라르메가 외부적 실재에서 눈을 돌려 시의 내부에서만 새로운 미학을 찾았기에 그가 추구한 시정(詩情)은 지루하고 더 숨이 막혔을 것 같다. 실재로 그가 보들레르의 영향에서 눈을 뜨던 때 "창공"은 절대미를 표현할 수 있는 이상적 모델이었지만 그 무한한 청정무구는 시인에게는 필연의 절대미와는 거리가 멀었고 "창공으로 표상되는" 이 지고(至高)의 모델인 '창공'은 말라르메에게 고통을 안겨준 차가운 시적 이상이 되었다.

그의 시 「벌 받은 광대」처럼 신성 모독의 죄의식을 되살아나게 하거나 "얼음과 잔인한 눈의 하얀 밤"처럼 도달할 수 없는 차가운 이상은 말라르메에게 잔인한 무기력만을 안겨 주었을 것이다. 이런 시적 이상이 주는 불모성은 비천한 현실을 잊게 해 줄지언정 "이 이례적인 노력이 나를 탈진시"킨다 라고 전한 서한 '카잘리스의 편지'에서 말라르메는 공허하고 혐오스러운 자신을 드러내고 있다.

그리하여 말라르메는 백지 앞의 고뇌와 무능, 허탈 등으로 죽어가는 시인의 불모성을 치유하기 위해 「에로디아드」를 중단하고 감각적 관능과 소위 말하는 에로티시즘을 반영한 〈목신의 오후〉를 구상하게 된다.

그는 창조의 고통스런 "의식"에서 빚어진 무기력에서 벗어나기 위해

몽환적 反 의식의 도취 속으로 걸어가 신비로운 미의 여신을 껴안는다. "차가운 접근불허"의 무거운 의식 대신 일탈의 결과로서 〈목신의 오후〉를 얻게 된 것이다. 그러나 이 시 역시 기교적인 면에서 사물의 인상이나 영감에 의존하지 않고 그의 새로운 미학에 의존한, 그야말로 그 자신의 표현대로 "참담히 어려운 짓기"에 해당되는 작업이었다.

자신의 내부로 끝없이 침잠하고 형언할 수 없는 고뇌를 인내한 시인은 그런 후에야 '허무'를 극복할 수 있었을까? 말라르메가 허무의 허탈감에서 "순수개념"으로의 이행이 이루어졌다는 것은 폴 발레리의 글 여러 곳에서 발견된다. 그가 지속적 몸부림으로 '무'를 향해 치닫고 있었음에도 포기하지 않고 지향한 바는 그 원시적始原的 순수 무구로의 완벽함이었다. 그것이 아무리 한 인간으로서 이룰 수 없는 목표의 설정이었다 해도 그러한 엄격함이 발레리로 하여금 그의 일종의 숭고와 고귀함, 긍지 같은 것을 증언하게 한 것으로 보였다.

오로지 엄격함을 따라간 순교자와 같은 존재인 말라르메를 추모하는 발레리는 그가 "온갖 수월함과 행복한 결말을 거부하고" 허영이나 조악함과는 거리가 먼 "순수정신"의 한 표본이었다고 증언하는 것이다. 그가 보기에 말라르메가 구상하는 문학은 하나의 대수학과 유사해 보였다. 왜냐하면 그 문학은 작품 그 자체의 논리에만 의지하여 언어형식을 명확히 하고 형식 자체를 위해 사유를 전개했기 때문이다.

정수론과 대수학의 비유는 발레리의 글에서 종종 나타나는데 시가 학문(과학)과 서로 밀접히 연관되어 있다고 생각한 발레리는 "우리를 완성시키는 것은 만들어진 작품도 아니요 세상 속에서의 영향"도 아니라고 했다. 그것은 오로지 우리가 그것을 '만드는 방식'에 있다는 것이다. 즉 행위자의 의지와 엄격한 계산에 의해 표현된 '꾸밈없는 문학'이라는 것이다. 이것을 충족시킬 수 있는 유일한 작가가 말라르메이고 그래서 나이 차이에도 불구하고 평생 마음 속 깊은 동반자로 삼은 그는 발레리에게 있어 변함없는 긍지의 대명사가 되었던 것이다.

말라르메가 언어형식에 비중을 두었다면 발레리는 에스프리(정신)작용에 그 가치를 두었다. 자기 예술의 본체를 만들어간 이들에게서 공통적으로 고립된 확신 같은 것이 느껴지기도 하지만 '글쓰기란 무엇인가'에 대한 물음에 언어의 본성과 가능성을 끊임없이 성찰하고, 그럴듯한 반응들에 편승하지 않고, 사람들이 부러워하는 '영광'이라는 것에서도 거리를 둔 이들이 진정한 작가의 태도로서 본받아야 할 덕목이라는 생각이 들었다. 적어도 작가라면 자기 예술의 조건들을 반성해야 하고, 바로 이것이 자기 자신에 대한 긍지요 아름다운 한 권의 책에 도달하는 내면의 빛이라는 생각도 하게 되었다.

사방으로 펼쳐진 책

— 권혁웅의 『소문들』에 부쳐

권혁웅 시의 방법적 창안

필요한 이미지를 오리고 때로는 창조적으로 접합하여 현실을 구축하는 시 쓰기 방법을 몽타주 기법이라 한다. 본래의 맥락에서 떨어져 나온 사물이나 문장들이 새로운 공간에 재인용됨으로써 이미지를 구성한다. 개별적인 파편들을 모아 '우회로서의 재현'을 실현하는 글쓰기는 스스로의 진리를 드러내는 방법이라 할 수 있다.

여러 가지 재료를 연결하고 위치시킴으로써 건축가와 다름없이 자신의 사유를 드러내는 문학적 몽타주 기법은 강력한 현실성을 불러일으킨다.

1.

심해는 춥고 빽빽하고 캄캄하다 바늘 방석아귀(Neoceratias spinifer)는 여러 달을 꼼짝 않고 누워서는 누군가의 기척을 기다린다 아귀들은 뼈와 근육이 약하다 옆 지느러미는 짧고 뭉툭해서 안을 수 없고 입은 크고 가시가 돋아 무엇이든 걸리게 되어 있으니 포옹이 포식인 삶도 있다 혼자 사는 건 대개 암컷이다 수컷은 암컷을 만나면 먼저 물고 그다음에 파고든다 몸속에 자리를 잡으면 암컷의 피를 빨아 먹고 산다 그러니까, 그게, 서방인지 남방인지 걸인 하나 들어 왔다고

2.

독거가 있다면 취로사업도 있다 나무수염아귀(Linopbryne arborifera)는 빛을 내는 나뭇가지를 몸 앞에 달았다 그러니까 그가 지나간 곳이면 어디든 길이 난다 수심 3,500미터에서, 발광하는 연둣빛 앞에서 아귀의 피부와 주름을 얘기하는 건 번문욕례다 가만 보면 그 등은 신행길을 밝히는 청사초롱 같기도 하다 춥고 빽빽하고 조용한 심해에서 그는 환한 묵음이다 어린 경찰이 호루라기를 불어도 무단횡단하는 노파가 들을 리 없다 그러니까, 어서어서, 서방인지 남방인지 찾아가야 한다고

— 권혁웅, 「노인들—야생동물구역3」 전문

바늘방석아귀와 나무수염아귀라는 두 개의 이미지를 병치시켜 환각적인 풍경을 형성하는 위의 시는 마치 다큐멘터리 영화장면과 흡사하다. 아귀들의 모습에서는 '노인들'의 이미지를 환기하는 공통점을 가지고 있다. 아귀가 갖고 있는 평범한 요소들이 본질적으로 전혀 다른 환경에 놓이게 되면서 수수께끼 같은 무엇이 된다. 아귀와 노인이라는 두 개의 텍스트를

병치시켜 하나의 새로운 통일체를 만드는 것이다. 현실의 삶과 밀접한 관계로 남기 위해 문학 몽타주로서의 그의 시적 아이디어는 영화 필름처럼 변형되어 모순적 의미를 가지고 드러난다. 영화에서 나타나는 재빠른 인터 카팅(inter-cutting)과 클로즈업(Close-up)과 오버랩되는 모티브들, 이중노출과 스크린 분할 투사법 등의 모든 것들이 이에 속한다. 이러한 변칙적 구조는 새로운 이미지를 창조한다.

위의 시에서 재료를 조직하는 방법은 각각의 텍스트를 잘라내어 다시 짜맞추는 기법이라기보다 두 개의 네가티브를 인화하는 것처럼 보인다. 아귀라는 생태적인 특성과 노인들의 삶의 형태와 패턴, 질감이 모순된 이미지들이란 공통점을 가지고 이중 삼중으로 연속적인 환상을 이루어내고 있다. 이것은 권혁웅 시인이 가지는 언어적 위트와 서사시적 경향의 종합적 침투라고 볼 수 있다.

이중화(역설과 반어)

이항 대립적인 자질이 공존하는 것은 몽타주의 뚜렷한 특징이기도 하다. 역설과 반어는 시를 주체와 대상의 관계를 이중화하는 요소가 된다.

1. 공중(恐衆)

최대 유파는 공중인데, 혹자는 이를 공인 중개사의 약자라고도 한다 중원의 모든 현과 읍에 지부를 두었으며 집을 매매하는 자에게 구전을 뜯어

규모를 키웠다 기밀문서를 다루는 이런 곳을 복덕방이라고도 하는데, 무예를 연마하는 기원, 심신을 수양하는 근린공원, 생활터전인 노인정과 함께 공중의 4대 거점이다 최근 정리해고와 의술의 발달로 그 수가 더욱 늘어, 미래의 중원은 공중화 사회가 될 것이라는 참요까지 생겼다

2. 초징(楚澄)

초나라에서 유래한 철류파로 이름난 문사들이 많이 났으나 최근에는 세를 불리는 과정에서 교언영색을 일삼아 위명을 제법 잃었다 문필을 업으로 삼아 향교와 서당을 장악했는데 이런 배움터를 초등학교라 한다 학문에 뜻을 둔 자는 이들에게서 배움을 시작하는 것이 불문율이다 이들에게 찍혀 뜻을 꺾은 문사가 부지기수다 악플(惡筆)이라 부르는 암기를 쓰는데 이를 맞으면 오장육부가 뒤틀리고 칠공에서 피를 쏟는다고 알려져 있다

— 중략 —

5. 파파(婆跛)

평소에 노파나 절뚝발이로 위장한다고 해서 이 이름이 붙었다 철저히 이익만을 좇는 전문 살수 집단으로 만금을 주면 임금도 암살한다고 알려져 있다 이들이 펼치는 천라지망을 파파라(婆跛羅)라 하고 파파라에 걸려든 경우를 일러 파파라치(婆跛羅治)라 한다 한번 파파의 표적이 되면 집에서도 길에서도 마음을 놓을 수 없다 청운답보라 불리는 경공의 대가들이어서 어디든 잠입과 매복이 가능하기 때문이다

— 중략 —

7. 용역(龍労)

용산에서 발흥했으면 우면산의 검경(劍京), 발치산의 공산(恐汕)과 함께 3대 조폭이었으나 동이와 오환의 대살육 때에 —이를 육이오(戮夷烏)라 부른다 — 검경과 연합, 공산을 궤멸하여 장안을 장악했다 정직한 자를 잡아가고 가난한 자를 태워 죽이며 속이는 자에게 쌀을 주고 부유한 자의 곳간을 지켜, 그 악명이 자자하다 최루탄지공, 개발이익조, 아수라권, 물대포신장, 소요진압권 등의 연합 무공을 쓴다

— 중략 —

9. 사군(思君)

충의를 으뜸가는 덕목으로 내세우지만 고리대금이 주된 일이다 장문인이 장씨여서 세간에서는 이들을 장문세가(長門世家) 혹은 장사꾼이라 부른다 "떼인돈 받아드립니다"에서 "달아난 고세인 처녀 잡아드립니다"에 이르기까지, 돈이 되는 일이면 무엇이든지 한다 우공산이라, 멀쩡한 산을 옮기고 상전벽해라, 보기 좋은 바다를 메우는 게 이들의 일이다 임금과 시장의 보이지 않는 손을 믿어 탈세와 포탈이 이루 말할 수 없다

— 권혁웅, 「소문난 — 유파(流派」 부분

안과 밖의 두 요소가 배리(背裏)의 관계를 이루는 이 시에서는 그 모순이 표면과 이면에서 배치된다. 세력이 다한 소림, 무당, 화산, 아미, 곤륜, 개방 같은 유파가 작금에 위명을 날리는 것은 표면화 되어 있는 모순(역설)이고 집을 매매하는 자에게 구전을 뜯는 복덕방이 기밀문서를 다루는 곳이라는 진술은 이면화된 모순 즉 반어에 해당된다.

21세기 초입에서 IMF를 겪은 우리나라는 한창 일을 해야 하는 젊은 사람들이 정리해고 되어 생산현장이 아닌 복덕방과 기원, 근리공원 같은 공중 장소에서 배회하는 모습이 종종 눈에 띄었다. 시인은 그런 사람들의 수가 증가되는 사회를 비판함과 동시에 부동산의 잦은 거래로 불로소득을 얻는 사람들을 간접적으로 성토하는 것이다.

역설과 반어라는 이중화된 어법으로 재료를 조직하는 시인의 구조적 패턴은 모순된 이데올로기를 드러낸다. 그리하여 우리는 다변화된 현상들의 상호침투를 일으켜 구축된 새로운 유파(流派)를 감상하는 것이다.

다르게 말하기 — 알레고리

권혁웅 시집 전반에는 그 내용의 이면에 또 다른 파편적이고 현실적인 이야기가 있어 그것을 알레고리적 방식이라 할 수 있다. 이것은 다른 의미를 숨기고 있다는 뜻이기도 하다. "공중, 초징, 기독, 덕후, 파파, 중마, 용역, 성어, 사군, 고세"라는 추상개념은 기존의 어원과 상관없는 한자를 음차하여 현세의 인간문제를 교훈적으로 지시한다.

우리가 마땅히 지켜야 할 도덕, 진리 등을 드러내는 알레고리는 시인 권혁웅이 '세계'를 표현하는 방식이 된다. 이것은 특수한 것으로 보편적인 것을 표현하고, 낡은 것 속에서 새로움을 발견한다. 미적 가치보다 당대 삶의 문제에 무게를 두는 알레고리는 각각의 보조관념(공중, 초징, 기독…… 등)이 한 개의 원관념(세력이 다한지 오래 된 유파가 위명을 날리는 부조리한 세상)을 환기하는 세태에 대한 풍자이다. 이것은 미적인 상징이나 이미지에 대립하는 부자유, '추(醜)'로서의 역사적 성격을 갖는다. "그것은 완성된 가상이 아니라 파편화된 조각이며, 그로써 역사의 퇴락을 증거"한다.

최근의 시에서는 하나의 장면이 다른 장면을 부르는 계기적이고 선형적인 형식을 갖기보다 "개별적이고 자립적인 형상들의 충돌과 조합을 통해서 한 편의 시를 축조하는" '몽타주' 구성 방식이 배치되기도 한다. 인과율에 따른 장면, 다시 말해 하나의 미장센 안에서 구성되는 진행이 아니라 시인이 제시하는 텍스트는 다른 텍스트 체계와 대응하는 관계로 전환된다.

나란히 늘어선 장면과 시행들이 충돌하거나 조합하면서 분리되었던 몽타주 조각들은 상호작용과 더불어 제작물의 내용이 되는 동시에 새로운 의미를 생성해 시인의 세계관을 드러낸다.

시는
몸이다

올림픽을 폐막했으나 올 여름 우리에게 삶의 탄력을 준 감동의 여운은 아직까지 남아있다. 선수들이 쓰는 온 몸의 시는 정확하였고 아름다움 그 자체였다. 축구, 사격, 리듬체조, 양궁, 역도, 핸드볼 등 모든 경기에서 선수들은 제각각의 기량과 집중으로 시청자에게 시원한 청량제와도 같은 즐거움을 선사했다. 땀으로 뒤범벅이 되어 현장에서 써내려가는 직방의 몸 시는 감동이 아닐 수 없었고 선수들은 모두 진정한 시인이 아닐 수 없었다.

온갖 장식품을 사용하는데 익숙해진 사람들 속에서 인공의 형식들을 거둬내고 어떤 인위적 가식도 없는 상태에서 다른 사람과 온전하게 만나려는 노력은 자신의 몸이 지닌 자연성을 먼저 알고 섬기는 일에서부터 시작된다.

몸이 놀랐다
내가 그를 下人으로 부린 탓이다
새경도 주지 않았다
몇 십 년 만에
처음으로
제 끼에 밥 먹고
제때에 잠자고
제때에 일어났다
몸이 눈떴다

(어머니께서 다녀가셨다)

―정진규, 「몸시 詩 66 — 병원에서」 전문

그런데 우리는 평소 몸의 소중함을 모르고 몸을 돌보는데 관심을 쏟지 않을 때가 있다. 몸을 부정하고 영혼이니 이념이니 이성이니 하는 형이상학적인 것들에만 붙들려 있을 때 몸의 균형은 깨어진다. 인간이 지닌 정신이나 관념의 세계에 짓눌리게 되면 몸은 병이 들게 된다.

한 때 몸은 존재하면서 존재하지 않은 것처럼 주변화, 타자화 되었고 자신을 드러내지 않는 것이 미덕처럼 강요되기도 했다. 하지만 인간은 몸에 의지하여 생명을 유지하고 몸에 근거하여 모든 다른 대상과 교류 할 수 있다.

생물성의 약동하는 힘을 읽어 낼 때, 혹은 일체의 세속적 기미가 제거된 맨 몸 그대로의 생물을 발견할 때 시인은 〈온 몸이 개운〉 하다고 하였다.

같은 시인의 몇 편의 시를 더 인용하여 모든 존재가 생물학적 혹은 몸적 토대 위에 서 있다는 자각으로, 억압되었던 존재가 해방감을 얻게 되는 계기를 살펴볼 수 있다.

> 이 몸의 어둠들이 또록또록 눈을 뜨고 있었다 강원도 정선 佳水里길 일백 리, 정말 물 좋은 그 純生의 강물에 가서 오밤중이면 나타나 미역을 감는다는 수달 내외를 그렇게 기다렸다 겨우남은 한 쌍 수달 내외가 그곳 어느 바위 틈엔가 숨어 살고 있다는 토박이 젊은 시인 전윤호의 말을 나는 그렇게 믿었다
>
> 밤새워 혼자 남아 기다렸다 몸에는 담배마저 지니지 않았으며 라이터도 버렸다 모든 불을 버렸다 火根을 버렸다 무엇보다 먼저 내가 어둠이 되어야 했다 내 눈으로만 몸으로만 어둠을 거두어내고자 하였다 어둠에 익숙해지면 어둠에 내장된 사물들이 기쁘다! 스스로 다가온다
>
> 내 눈으로만, 내 몸이 지닌 純生의 빛으로만 純生을 확인하는 게 그게, (겨우 남은 한 쌍 수달 내외를 확인하는 게) 마땅하다고 믿었다
>
> — 정진규, 「수달을 기다리며 — 알 22」 전문

환경오염 때문에 그 모습을 쉽게 찾아볼 수 없게 된, 수달을 기다리는 일은 황폐한 환경 속에서 새순처럼 솟아오르는 純生의 활력을 되찾는 일이 된다. 인간의 욕망 때문에 소외당한, 수달을 기다리며 시인 역시 소외당했던 자신의 몸이 지닌 純生의 신비와 즐거움을 발견하게 된다. 스스로의 토대인지도 모르고 학대했던 자신의 몸을 둘러봄으로써 태초의 알몸을 만나게 된다. 그리하여 겨우 남은 한 쌍 수달 내외를 만나는 것처럼 "어둠에 내장된 사물들"도 기쁘게 다가오고 그의 몸은 "또록또록 눈을

뜨”게 된다. 이럴 때 그의 생명은 싱싱함을 복원하게 되는 것이다.

살을 맞댐으로써 느낄 수 있는 실감은 우리 인간이 몸을 가진 동물로서 생물학적 속성을 기꺼이 인정하고 그것을 긍정적으로 수용하면서 이들이 가진 가치를 새롭게 발견하게 한다.

말씀은 몸이다
생각해 보라
눈에 밟힌다는 말!
가슴이 아프다는 말!
국이 시원하다는 말!

—「몸詩 · 3」의 전문

시인의 시세계는 항상 “손에 빠듯이 쥐어지듯이” 포착되고 체화되어 실감을 얻게 된다. 감각은 사물을 흉내 내는 것이 아니라 사물을 알리고 예고한다. 즉, 눈에 밟힌다, 가슴이 아프다, 국이 시원하다에서 “밟힌다”, “아프다”, “시원하다” 는 모두 촉각 이미지이다. 세상에 대한 정보를 필요로 하는 것은 바로 신체의 표면이다. 물론 감각에도 환상적인 요소가 있다. 그러나 이 모든 것을 신체의 표면으로 가지고 온다면 더 잘 이해할 수 있다. 조작된 관념이나 약속 체계가 아니라 몸에서 비롯되고 몸으로 체감하는 것들이다. 그리하여 촉각을 통한 접촉은 그 어떤 언어를 통한 접촉보다 구체적이며 전달력이 강하다

햇볕 좋은 가을날 한 골목길에서 옛날 국수가게를 만났다
남아 있는 것들은 언제나 정겹다 왜 간판도 없느냐 했더니
빨래널듯 국숫발 하얗게 널어놓은 게 그게 간판이라고 했다
백합꽃 꽃밭 같다고 했다 주인은 편하게 웃었다
꽃 피우고 있었다 꽃밭은 공짜라고 했다

—정진규, 「옛날 국수 가게」 전문

위 시에서 '국수가게'는 인간의 언어 이전에 세계와 존재가 절대자유를 대면하는 장소다. 언어의 매개 없이도 우리는 이렇게 아름다운 세상과 만날 수 있다. "신체는 개념으로 자연을 구성하려 들지 않는다."는 통찰에 힘입어 존재 자체가 전부인 국수가게를 통해 우리는 직방으로 진실에 이르는 세계를 찾아낼 수 있다. 억압되었던 몸이 해방을 맞게 된다면 생체를 통한 절대적 교감으로 일상생활의 평범한 사건들이 모두 시가 되는 신비를 경험하게 될 것이다.

시와
음악 이야기

장마철이어서 습기와 부족한 일조량 때문에 마음이 가라앉거나 불쾌감을 느끼는 날이 많아졌다. 가수 박인수와 이동원이 함께 부르는 정지용의 시 〈향수〉를 어둠 속에서 듣고 있노라면 한결 가벼워지고 마음의 위안을 얻게 된다. 이 때 문득 페이터(W. Pater)의 "모든 예술은 음악의 상태를 동경 한다"는 말에 전적으로 동의하게 된다.

시가 음악성의 아주 긴 전통을 가지고 있다는 사실을 우리는 이미 알고 있다. 현존하는 노래 중 우리나라에서 가장 오래된 서정시 「황조가」가 있고 인류가 오랫동안 암송해온 『일리아드 The Iliad』와 『오딧세이 Odyssey』가 있다. 김소월의 시(「진달래 꽃」, 「산유화」, 「금잔디」, 「엄마야 누나야」, 「먼 후일」, 「예전엔 미처 몰랐어요」)는 민요의 율조를 정교하게 다룬다. 신경림의 (「목계장터」, 「농무」, 「달 넘세」) 역시 전통적 가락의 친숙성을 현대시에 감각적으로 수용한 시이다. 또 김영랑의 (「돌담에 속삭이는 햇발」), 서정주의 (「오갈피나무 향나무」)가 음악적 효과를 최대로 살려 대중적 공감을 얻고 있는 시이다. 민중의 사랑을 받는 현대시 (「청산별곡」)도 운과 율의 반복성으로 고려가요의 흔적이 남아 있다.

시를 읽었을 때 율동이 살아나는 언어의 음악적 효과는 마음을 움직인다. 19세기 독일 예술 가곡이 시문학의 융성과 밀접한 관계를 지니고 있는데 볼프 (Hugo Wolf, 1860~ 1903)는 시의 장면이나 감정을 음악적 방법으로 절묘하게 표현하여 음악에 자연스럽게 녹아들어가도록 했다. 이 시기엔 괴테 하이네 쉴러 등 시인들의 시를 여러 작곡가들이 재해석하여 시와 음악의 융합을 꾀하였다.

슈베르트의 〈겨울 나그네〉, 〈아름다운 물레방앗간 아가씨〉 슈만의 〈시인의 사랑〉과 〈여인의 사랑과 생애〉는 일정한 주제가 있는 연작시에 곡을 붙여 만든 연가곡이다. 시의 운율과 감정의 기복을 음악적 특징을 살려 선율과 리듬과 화성, 피아노 반주로 표현한 것이다.

2000년대 들어 빠른 비트의 리듬에 맞춰 일상적 삶을 이야기 하는 우리나라 젊은 시인 중에 힙합 창법으로 이질적 세계관을 노래하는 이승원이 있다. 혼종성이라는 새로운 시적스타일을 보여주는 황병승, 문어(文語)와 뽕짝, 신파와 순정, 세속과 사랑 등 여러 세계가 충돌하고 불협화음을 일으키는 아나키스트 장석원이 있다 '말놀이 에드리브'를 이어가는 '오은'은 언어유희의 미학으로 우리에게 즐거움을 준다. "한 나라의 언어가 그 나라의 음악 구조"에 중력을 행사하는 것에는 역부족이겠지만 침체된 문학과 음악이 만나 긴밀한 재창조의 가능성을 가질 수 있는 기회라면 의미를 되새기는 자리가 아닐 수 없다.

그런 의미에서 시인과 가수가 팀을 이루는 음악과 문학의 결합은 종종 새로운 분위기를 조성한다. 올 2019년 4월 26일 부산 부경대에서 '아시아, 아프리카, 라틴 아메리카 문학 포럼'이 열렸다.

2010년부터 시작한 'AALA 문학포럼'은 2012년에는 인천에서 열렸는데 이 행사 때 마주한 〈시노래 콘서트〉는 아주 인상적이어서 지금까지 선명한 기억으로 남아있다. 노래패의 대표적 가수와 연주자를 초청하여 아시아·라틴 아프리카 시인과 한국의 작가들이 함께하는 공연을 선보였다.

시는 노래하거나 읊조리고 낭송하여 감동을 주는 문학적 양식이고 여기에 음악적 리듬과 호흡을 같이 하면서 우리에게 쾌감을 느끼게 한다. 또 힙합처럼 체험의 진수뿐 아니라 구체적인 사건들을 언어로 표현하면서 사람들의 감정을 재현하는 것은, 음악적 측면에도 새로운 가치를 심어준다. 완전히 몸에 베인 리듬으로 시를 완벽하게 구현하는 것은 집단적 흥분과 유대감을 느끼게 하기 때문이다.

시와 음악은 감각을 긴밀하게 연결하는 촉매제 역할을 함으로써 생리적 상태에도 깊은 영향을 미친다. 그것은 단순히 '시와 음악'이라는 예술적 범주에서만 그치는 것이 아니다.

『뮤지코필리아』는 음악 사랑을 통해 손상된 운동계를 활성화 시킨 사람들의 이야기가 실린 책이다. 신경전문의로 활동하면서 음악과 인간의 본성에 대한 문학적인 글쓰기를 하는 "의학계의 계관 시인"으로 불리기도 하는 올리버 색스Oliver Sacks는 음악으로 파킨슨, 뇌졸중, 알츠하이머병, 치매, 실어증, 기억상실증 환자와 같은 많은 고정된 몸과 마음을 활성화 시켰다. 시나 음악은 이해하기 쉬워도 설명하기 어렵다. 임상 실험을 통해 인간이 '음악적인 종'임을 그는 명료한 글로 표출해 낸 것이다.

2부

좋은 처지에 있는 사람들은 남의 딱한 사정을 모른다. 이런 일을 계획하고 실행한 정세훈 시인이야말로 지금까지 넉넉하지 못한 생활을 이어왔다. 실제로 배고파 고생을 해 본 사람이었으므로 사회연대활동의 주도적인 역할을 하는 과정 속에서 가까운 동료의 배고픔을 지나칠 수 없었던 것이리라. 거미가 줄을 쳐야 벌레를 잡듯 작게 느껴지는 그러한 일이 사실 무엇보다 중요한 일이라고 본 그는 '무엇을 어떻게 할 것인가'에 대한 해답을 멀리서 구한 것이 아니라, 자신과 가장 가까운 사람의 문제부터 풀어나가기 시작한다.

희비극을 말하다

— 최종천 시에 부쳐

'결과와 의도의 불일치'에 대한 이야기를 하자면 필자의 중학교 시절로 거슬러 올라간다. 시골 마을에서 자란 필자는 초등학교 때 아버지의 커다란 자전거로 혼자서 자전거 타기를 배웠다. 발이 닿지 않아 한 발로 힘껏 밟아, 페달이 올라오면 다른 한 발로 또 힘껏 굴려 바퀴가 나아가도록 했다. 무릎이 깨지고 다리에 멍이 들면서 배운 자전거를 타고 바람이 일도록 동네를 휘젓고 다녔다.

당시는 탈 것이 많지 않아서 먼 거리를 다녀올 때 간혹 어느 고마운 할아버지가 우마차라도 세워주면 사람들은 감사하게 올라타 아픈 다리를 쉬기도 하였다. 필자가 중학생이 된 어느 날 다른 동네에서 자전거를 타고 돌아오는데 옆집 아주머니를 만났다. 그녀는 자신을 좀 태워 달라고 했다. 우쭐한 마음으로 선뜻 대답을 하고 그녀를 뒷좌석에 태웠다. 그리고 비교적 경사가 가파른 내리막길을 달기기 시작했다.

“어이쿠” 소리와 함께 갑자기 자전거가 가벼워졌다. 언덕 아래로 내려가 자전거를 세우고 올려다 본 필자의 눈에 산비탈 중간 쯤 엎어진 아주머니가 보였다. 처음 의도와는 달리 처참한 광경이 벌어진 것이다.

우습지만 난처한 상황이 동시에 이루어지는 것을 ‘희비극’이라고 한다면 이 시대 사회적인 문제나 불안을 우스꽝스럽거나 혹은 아무렇지도 않은 표정으로 이야기하는 시인이 있다. 노동시를 쓰는 ‘최종천’이 바로 그이다. 그는『나의 밥그릇이 빛난다』외 다수의 시집을 냈는데 2018년도 6월에『인생은 짧고 기계는 영원하다』는 시집을 상재했다.

이 시집에서 그는 대체로 노동이나 노동자의 가치에 대한 부정의식을 드러내고 있다. 하지만 이를 통해 정작 그가 하고 싶은 말은 ‘이 세계에 대한 희망이란 무엇인가’라는 ‘진정한 긍정’에 대한 물음이 아닐까 하는 생각을 해 보았다.

얇은 철판을 때우다가
빵꾸가 나면 메우려고
계속 때우다 보면
구멍은 더 커지고
용접물이 쌓이는 것을
떡치기 한다고 은유한다
최 형 댁에 경사 났소?

찹쌀떡이요 멥쌀떡이요?
열 말은 되겠네 하는
핀잔을 들으면
시장기가 느껴진다
웃음이 새어 나온다
시장기나 빵꾸나
때우기란 마찬가지다

— 최종천, 「떡치기」 전문,
『인생은 짧고 기계는 영원하다』, 2018 중에서

얇은 철판을 때우다 보면 빵꾸가 나고 빵꾸를 메우려고 계속 때우다 보면 구멍이 더 커진다. 이 때 쌓이는 용접물을 지은이는 '떡치기'라고 한다. 일이 생각한 대로 진행되지 않을 때 그는 동료들과 함께 유머로서 그 불편한 속을 달래는 것이다. "최형 댁에 경사 났소? 찹쌀떡이요 멥쌀 떡이요?"하는 우스꽝스런 농담은 슬픈 웃음을 자아내기도 한다.

의도와 결과가 불일치하는 세계를 '부조리'하다고 말한다면 시인은 자신이 경험한 불합리한 삶을 시에서 능치듯이 표현한다. 가령 「마스크에 보안경에 귀마개에」란 시에서 그는 '도둑'을 떠올리게 하는 이미지로 자신이 일을 할 때 쓰는 마스크와 보안경을 들고 있다. "노동자들의 임금이 지나치게 오른다는 뉴스"에 대해 시인은 "무엇이 노동을 익명으로 하여 누명을 씌워두는가?"라고 되묻고 있다. 이를 통해 비정규직 노동자로서 갖고 있는 그의 억울한 소회를 역설적으로 드러내고 있다. 사실 비정규직 노동자는 정규직 노동자와 임금격차도 있고 생활수준도 다르다. 그것을

구분하지 않고 일반화시키는 평판에 대해 그는 노여웠던 것일까. 그렇기에 개도 누명을 쓰지 않는데 하나의 누명이요 개평거리이요 안줏거리가 노동 계급이라고 화를 내는 것일까. 살펴보면 『인생은 짧고 기계는 영원하다』는 시집 제목부터가 역설이고 아이러니이다. 기계보다 못한 인간의 처지나 전도된 이 세계의 가치를 시인은 용접 일을 하는 노동자의 시선으로 포착하고 있다. 사람이 동물이나 무생물인 기계보다 못한 위치에 존재한다는 사실을 자본주의의 아웃사이더로서 지켜보는 것이다.

맞선을 볼 때 여자들은 먼저 손을 본다고 한다.
보고만 마는 손을 이성민은 직접 잡아보았단다.
그것도 여자가 먼저 잡아두더라나.
이성민은 그날을 위해 손에다가
유한양행 안티푸라민을 바르고
비닐장갑 위에 고무장갑을 끼고
일을 했다. 일반상식이라는 책도 읽었다!
그러나 그는 낙방하고 말았다.
손이 워낙에 고와서, 소개한 아주머니께
직장도 없이 노는 사람 아니냐고 묻더라는 것이다.
노동하는 손을 잡아줄 여자 흔치 않다.
부러워서 우리는 출세한 이성민의 손을 만져 보았다.
여자의 손처럼 스르르 빠져 나갔다.
그리고 나서 2년인가 뒤에
또 놈은 맞선을 보았다.
이번엔 거친 손 때문에 미끄러지고 말았다.
노동을 하는 사람과 결혼하면

즐길 시간이 없다고 했다는 것이다.
지난번의 실패를 되풀이하고 싶지 않아서,
직장이 있다는 믿음을 주고 싶어서,
전과는 반대로 손이 거칠었던 것이다.
우리는 일할 때마저도 놈의 손을 잡아주지 않는다.
놈이 그 재수 없는 손을 들고 나에게 오고 있다.
나는 여자가 아니니, 저 놈의 손을 잡아줘야 되나?
말아야 되나? 모르겠다

— 최종천, 「재수없는 손」 전문,
『인생은 짧고 기계는 영원하다』, 2018 중에서

이 시에 등장하는 이성민은 노동자다. 노동자이지만 그는 멈추지 않고 여자를 만나고 싶어 한다. 노동자 계급인 자신을 싫어할까봐 "유한양행 안티푸라민을 바르고 비닐 장갑 위에 고무장갑을 끼고" 고운 손을 유지하고자 한다. 하지만 아이러니하게도 상대 여성은 그런 손을 보고 "직장도 없이 노는 사람 아니냐"면서 거절한다. 다음 여성과의 만남에서 이성민은 있는 그대로 노동자의 손을 하고 나간다. 이번에는 "노동을 하는 사람과 결혼하면 즐길 시간이 없다"고 거절당한다.

시인은 이성민의 손을 두고 "재수없는 손"이라고 말한다. 자신의 가치에 대해 긍정할 수 없는 자, 쪽팔린다고 자꾸만 빠져나가는 자, 이 세계에 태어나 생성의 원인으로 참가하지 못하는 자. 이 세계를 구성하는 헛된 관념에 휘둘리는 자, 이 세상을 사랑하는 방식에서 미끄러지는 자, 좌절하는 자…… 라고 미워한다. 이성민은 혹시 화자의 또 다른 얼굴이 아닐까. 그렇기에 그토록 화를 내는 것은 아닐까.

하지만 이 불합리하고 모순된 현실에서 시인 역시 「이번 한 번만은」 이란 시를 쓴다. 이 시에서 시인은 "꽃을 못 본척하기가 부끄럽다."고 적고 있다. 노동자인 이성민의 손을 '재수없는 손'이라고 명명함으로써 무기력한 자신의 정서 상태를 에둘러 말하지만, 이렇게도 해보고 저렇게도 해보는 이성민이 속으로는 더 인간답다고 생각하는지도 모른다. 어쩌면 그것이 힘든 노역을 벗어나지 못하는 육체에 대한 위무일 수 있다. 사랑을 포기한 삶, 기계의 부품처럼 반복되는 일상으로 복귀하는 삶이야말로 노예의 삶이 아닐까.

편파적으로 돌아가는 세상의 시스템이 한없이 노여운 화자는 태양의 온도와 버금가는 불을 다루는 일을 하지만 그 뜨거움이나 화를 시 쓰는 일로 다스린다. 그가 용접 일을 하는 것은 기실 그의 시장기를 때우기 위해서일 것이다. 아니 그것이 '때우기'의 첫 번째 일이라면 거친 현장에서 일상의 소재를 들어올려 시를 쓰는 일은 빵꾸난 세상을 '때우는' 그의 또 다른 일이 된다. "정신이 나타나려면 몸을 통해야" 하고 "정신은 스스로 표현하지 않으면 비존재"가 된다고 시인은 「노동의 십자가」에서 밝히고 있다. 이것은 빛을 다루는 용접공의 '자기 언급'이요, "형상을 품은 에너지, 곧 시인의 '자기 언급"인 셈이다. 비록 "기계의 심부름을 하는" 노동자의 삶일지라도 그는 시를 쓰면서 '노동'을 '놀이'로 만든다. "잘못 자른 것은 다시 붙일 수 있고/붙인 것은 다시 자를 수 있는" 용접일이나 "손가락으로 마디마디를 눌러 짚으면/저마다 다른 음정이 날아오"르는 바이올린 연주나 "실수와 실패의 연속"이지만 자유와 해방의 느낌을 선사하는 '시

쓰기'를 동일한 것으로 간주하는 것이다.

그렇기에 시인은 결국 웃으면서 이렇게 말한다. "시장기나 빵꾸는 때우기가 마찬가지"라고. "영어로 봄을 스프링"이라 하는 것처럼 그는 "용수철도 스프링"이라고 한다. 그가 'ㄹ'을 쓸 때 스프링처럼 구부려 놓고 그만둔다고 하였는데 그처럼 그의 삶은 완결이 아니라 과정 속에 있다. "모래 위에서 모래성을 천 번 쌓"는 노동자의 삶일지라도 유머가 있는 그의 시는 기계적인 삶을 벗어나 멜로디를 찾는다.

노동자의 사랑

—『우리가 이 세상 꽃이 되어도』에 부쳐

인천 문화공간 〈해시〉에서 노동자 시인 정세훈의 출판기념회 겸 시화전 오픈식이 있었다. 시인이 열일곱 살부터 공장에서 일하며 포장지 파지에 쓴 시들도 크지 않은 공간에 시화로 걸려있다. 이것을 통해 1960년대 말부터 부평수출산업공단에서 노동자 삶을 살아온 그의 모습을 엿볼 수 있다. 시인은 공장생활과정에서 진폐증에 걸려 30여 년간 투병 생활을 해오다 2011년부터 건강이 호전 되었다.

시인이 시화전을 기획하고 순회 시화전을 실행하게 된 이유는 함께 일하는 활동가의 열악한 처지를 보고 이를 조금이라도 개선해 보고자 하는 의지에서였다. 시인이 2017년 한국 민예총 이사장 대행이라는 직무를 맡아 먼저 한 것은 그의 대의명분을 지킬만한 일이 아니었다. 하지만 개인적인 삶의 토대가 피폐해져 있다면 어느 누가 행복한 심정으로 공동체의 일을 성심껏 해 낼 수 있겠는가? 등잔 밑이 어둡듯이 먼 곳에서 벌어지는 큰일에만 신경 쓰느라 가까운 사람의 생활 문제를 간과한다면 정작 큰일 또한 도모할 수 없는 법이다.

좋은 처지에 있는 사람들은 남의 딱한 사정을 모른다. 이런 일을 계획하고 실행한 정세훈 시인이야말로 지금까지 넉넉하지 못한 생활을 이어왔다. 실제로 배고파 고생을 해 본 사람이었으므로 사회연대활동의 주도적인 역할을 하는 과정 속에서 가까운 동료의 배고픔을 지나칠 수 없었던 것이리라. 거미가 줄을 쳐야 벌레를 잡듯 작게 느껴지는 그러한 일이 사실 무엇보다 중요한 일이라고 본 그는 '무엇을 어떻게 할 것인가'에 대한 해답을 멀리서 구한 것이 아니라, 자신과 가장 가까운 사람의 문제부터 풀어나가기 시작한다.

'말이 고마우면 비지 사러 갔다 두부 사온다'는 말이 있다. 시인이 좋은 뜻으로 시작한 일은 화가 · 서예가 · 판화가 · 사진작가 · 전각가 등 시각 예술가들의 적극적인 재능기부로 이어졌다. 이 흔쾌한 동참으로 시인은 '우리가 이 세상 꽃이 되어도'(푸른 사상)라는 멋진 개인 시집도 출간하는 계기가 되었다.

그는 1989년 〈노동해방문학〉으로 1990년 〈창작과 비평〉으로 문단에

나와 노동현장에서의 생활을 사실적으로 형상화 해 왔다. 그렇게 하여 첫 시집『손 하나로 아름다운 당신』을 비롯하여『맑은 하늘을 보면』,『저별을 버리지 말아야지』,『끝내 술잔을 비우지 못하였습니다』,『나는 죽어저 저 하늘에 뿌려지지 말아라』,『부평 4공단 여공』,『몸의 중심』등 여러 권의 책을 펴냈다.

더 이상 깊어지지 않을 만큼
밤은 깊어졌습니다
내일의 노동을 위해선
벌써 깊은 잠에 들었어야 하는데
도대체 잠이 아니 옵니다
말은 없지만 옆에 누운 아내도
아직 잠이 들지 않은 것 같습니다
이사 온 지 육 개월도 채 안 되었는데
또 이사를 가야 합니다
주인집 막내아들의
돌연한 결혼으로
셋방을 내놓아야 합니다
억지로 잠을 청하려는 나에게로
아내가 서럽게 안겨 오며
우리 집 가을을 말합니다
"가을인가 봐요"
귀뚜라미가 울잖아요."
조그마한 창문에 비춰 오는 달빛이
시리도록 밝아 보입니다.

—정세훈,「우리 집 가을」전문

위의 시 「우리 집 가을」에서도 시름겨운 부부 이야기가 나온다. 이사 온 지 6개월이 됐는데 주인 집 사정으로 또 이사를 가야하는 고달픈 인생 이야기이다. 일찍 자고 다음 날 노동을 해야 하는데 잠도 오지 않는 가을 밤. 시인이 그런 추운 시간을 견딜 수 있는 건 혼자가 아니라 둘이었기 때문이다. 만약에 서럽게 안겨오는 아내마저 없었다면 "창문에 비춰 오는 달빛이/시리도록 밝아 보입니다."와 같은 사무사의 시정신은 없었을지 모른다.

늘 그녀들로부터 위축되어 있었다
맘에 드는 상대가 나타나도
내 처지만 생각하면
적극적으로 나서질 못했다
가까이 접근을 하면
공돌이 주제를 파악하지 못하고 있다며
면박을 줄 것만 같아 그냥 지나치고 말았다
궁여지책으로 펜팔을 했다
펜팔 업체로부터 소개받은 그녀는
부평 4공단에서 여공으로 일하고 있었다
그립다, 보고 싶다, 사랑한다는 말 대신
연장 작업, 휴일 특근 작업, 36시간 교대 작업,
공장 생활의 고단한 이야기들이 오고갔다
아프지만 병원 갈 돈이 없다는 소식이 오고갔다

"아프지만"이란 소식에
그녀가 보고 싶어졌다

"병원 갈 돈이 없다"는 소식에
서로 사랑하게 되었다.

—정세훈, 「부평 4공단 여공」 전문

이 시는 『부평 4공단 여공』이란 시집에 실린 것인데 금번 시화전으로 기획 되어 (『우리가 이 세상 꽃이 되어도』에 재 상재하였다. 나는 인천작가회의 『작가들』에 이 시집에 대한 서평을 쓴 인연이 있다.

> 이번 시집에서 시인이 들려준 것은 자기완성으로서의 미적이고 감각적인 시심은 아니다. 하지만 진실의 토대 위에서 문학정신이 비롯됨을 알 때 당대의 시적 진실을 솔직하게 쓸 수 있는 자가 명실공히 시인임을 증명해 보이고 있다. 이는 몸으로 겪은 자신의 아픔으로 타인의 고통을 대변하는 일이며, 불확실한 세계 속에서 상실감에 빠져드는 타자들과의 상생의 길을 모색할 수 있기를 바라는 마음으로 이 땅의 기득 계층에게 손 내미는 일이기도 하다.
>
> — 정민나, 「물신 시대의 노동시와 현실」, 『작가들』, 2013

자신의 가난한 삶을 곡진하게 표현하여 시집으로 묶고 그 속에서 시를 추려내 시화전을 열고 그 기금으로 열악한 환경에 처한 동료를 돕고 공동체적 삶을 살아가는 것은 얼마나 복된 일인가. 시인이 "몸으로 겪은 자신의 아픔으로 타인의 고통을 대변하는 일"은 이 시에서 보는 것처럼 그 연원이 오래 되었다. "공돌이 주제"에 면박을 당할 것 같아 맘에 드는 상대가 나타나도 "적극적으로 나서질 못"하던 그가 겨우 펜팔 업체로부터 소개 받은 여자는 "연장 작업, 휴일 특근 작업, 36시간 교대 작업을 하면서 몸이 아프다. 시인은 "'아프지만'이란 소식에/그녀가 보고 싶어졌다"고 쓰고 있다. "병원 갈 돈이 없다"는 소식에 "서로 사랑하게 되었다"고 적고 있다.

저 별을
버리지 말아야지
밤하늘 꼭대기
저 별을
버리지 말아야지

내 비록 철야 노동으로
하루하루를 때워가고 있지만

— 정세훈, 「저 별을 버리지 말아야지」 전문

'손톱 밑에 가시 드는 줄은 알아도 염통 안이 곪는 것은 모른다'는 속담이 있다. 하지만 또 가깝게 느껴지는 아픔을 모른 체 중요한 사안만을 처리할 수도 없는 법이다. 정세훈 시인은 그것을 누구보다 먼저 알아차린 사람이다.

신포시장의 떡집 주인

— 시인 이종복을 찾아서

신포동에서 출생하여 지금까지 한 자리를 지키는 시인이 있다. 20년 넘게 방앗간의 떡집 주인으로, 시를 쓰며 강단강의를 하는 선생님으로 늘 부지런하게 살고 있는 이종복이 바로 그 기인이다.

시집 속에 포현된 그가 나고 살아온 터전에 대한 정감이 묻어나는 신포시장은 수많은 역사적 비하인드 스토리를 품고 있는 곳이다. 인천 최초로 만들어졌다는 일본식 정원 향지여관과 중국인들이 무덤으로 삼았던 의장지 골목, 아펜젤러 목사 부부가 묵었다는 최초의 서양식 호텔이었던 대불호텔…… 그 곳에서 있었던, 아버지와의 추억을 그는 틈만 나면 우리에게 들려주곤 한다.

천주교 치명자 자손인 그는 신부가 된 형들 대신 할 수 없이 가업을 물

려받아 방앗간을 돌리게 되었다. 딱 일 년 만 해보자 했는데 지금까지 하게 되었다는 방앗간 이야기는 구비구비 길고도 재미있다. 신포동 뒷골목 이야기로 시작해서 북성동 차이나타운 이야기, 만석동 굴다리 방물장수 이야기를 거쳐 독쟁이고개, 거북시장이야기로, 마치 박물들을 다 쏟아놓고서야 끝이 나는 방물장수처럼 그의 이야기는 유창하고 흥미롭다.

> 입 안이 쓰다고, 밥알이 돌덩이 같다고 / 고모는 세상과 단절되어 가는 순간들을 / 전화로 일러 주신다 // "이빨도 남의 이빨이여 / 무르팍 뼈 마디 안 쑤신디가 읎어 / 지팽이 읎신 돌아댕기기도 힘들구마!" // 밭에서 갓 나왔는지 / 똥 냄새 나풀거리는 무 한 묶음을 받아 들었다 / 연수동, 문학산 산자락이 도시와 만나는 경계 / 미처 개발이 안 된 텃밭에서 키운 것이라며 / 스테파니아 형수는 이—마트 노랑 비닐 봉투에 / 무를 담뿍담뿍 담아 주었다 //갑옷처럼 황토를 두르던 무는 / 급살로 쏟아 붓는 수돗물에 쉽게 닦여졌다 / 원죄의 사슬도 황톳물처럼 흘러가버렸으면 좋았을 / 무한 소쿠리가 발가벗은 채 창백해 있다
>
> —이종복, 「무시루떡」 부분

하루 일과 중 떡 만들기가 첫 번째라는 이종복 시인은 새벽같이 일어나 떡을 반죽한다고 한다. 필자와는 같은 작가회의 소속으로 한때 잠시 운영 상황이 어려웠을 때 함께 힘을 모은 동료 문인이기도 하다. 누군가 봉사하는 마음으로 앞장서지 않으면 원활하게 운영할 수 없는 상황이 올 때가 있는 것이 단체 활동이다. 시인은 행사가 있을 때마다 따끈한 떡을 만들어 가난한 동료들의 공복을 채워 주곤 하였다. 작가의 실생활에서 느끼게 되는 팍팍함을 떡을 만드는 과정에 겹쳐 놓고 쓴 시가 〈무시루 떡〉이

다. 이 시에서 우리는 낮은 자리에 존재하는 이들과 어깨를 나란히 한 평소 시인의 모습을 보게 된다.

> 시장 어둠 속으로 / 여지없이 햇살이 들었다 / 미처 불을 끄지 못한 가로등이 / 시장 한 가운데서 부르르 떨고 있다 // 텅 비어 있는 가게들 / 임대 쪽지가 나풀거리는 / 신포의 아침 // 묵직한 그림자가 걸려있는 좌판마다 / 굿긴 결을 그리며 / 켜켜로 솟아오르는 / 아침 햇살 //오늘도 누군가 / 묵묵히 걸어 나와 / 해 하나 걸쳐두고 돌아가는 것을 / 기어이 보고 말았을 // 당귀 꽃 이파리는 / 팔만 사천 개
>
> — 이종복, 「당귀꽃에 물을 주다」 전문

임대를 구하는 사람도 임대가 나가지 않아 쪽지를 붙인 사람도 시인에게는 묵직한 그림자로 다가온다. 그러할 때, 좌판마다 비추는 햇살은 꽃과 다름없다. 당귀 꽃 이파리 팔만 사천 개에 햇살이 들기를 바라는 마음은 동지애를 머금은 따뜻한 희망이다. 임대 쪽지가 붙은 장소처럼 서늘한 그들 모두에게 해가 들기를 바라는 시인의 마음을 엿볼 수 있다.

조갯살을 까는 여자의 작은 종지에 쌓이는 사연은 〈마수걸이〉라는 시에 담아 표현했다. 또한 세창양행 바늘 쌈지, 노무라 양은 그릇, 들것에 실려 나간 칠성 상회 형수, 80년대 교복, 신포동 69다방, 무네미 마을……마치 자신의 몸속에서 하나하나 꺼낸 유물과 유적 같은 내용을 담은 시들은 자연스럽게 우리를 유년의 세상으로 안내한다.

통통 부은 다리가 새벽이면 감쪽같이 나아 다시 떡을 반죽할 수 있다고

하는 시인. 그래서일까? 떡을 배달하는 오토바이의 생김새나 주문을 받는 그의 핸드폰이나 그가 지닌 모든 물건들은 울퉁불퉁 거칠기만 한데 그 손으로 빚어내는 무지개 떡, 송편, 인절미, 무시루떡의 모양은 곱고 예쁘기만 하다. '인기 많은 떡집'으로 소문이 나 휴일에도 쉴 틈이 없지만 그의 산적처럼 투박한 손은 아름답기만 하다

맛있는 떡처럼 소중한 기억을 재생하여 우리에게 전해주는 그를 나는 '기억 중독자'라 부르고 싶다. 그러나 거기엔 어떤 수사를 첨가해야 한다. '중독자'라는 말은 병증을 환기하지만 '고마운 기억 중독자'라고 한다면 이 세상에 없어서는 안 될 소중한 '존재'로 다가온다.

그가 그린 또 한 장의 아름다운 그림을 소개하자면 어려운 한 때 동행했던, 작가 회원들의 초상화이다.

> 머리카락 헝클어지는 것도 몰랐네 / 가슴이 다 드러나도록 / 앞만 보고 부리나케 달려갔더니 / 내 몸에 걸칠 것 이미 없네 // 불알 두 쪽 간신히 가리고 / 나무의자에 숨어드니 / 아아, 반가워라 / 발가벗은 나의 벗들 // 갈퀴머리 김정화 / 디지털 머리 정민나 / 새침떼기머리 이해선, / 찌질이 깻잎머리 신현수 / 서대문 산적머리 유채림 / 반백머리 박일환 / 달마머리 고철 / 아날로그 머리 유시연 / 남도 뱃사공머리 최종천 / 느닷없는 조선 족머리 홍새라 / 그리고 관우의 수염을 깎아버린 최경주 // 아아, 탐스러워라 / 모과 향내 나도록 나무의자를 향해 / 살 빛 엉덩이를 박고 계시는 / 벌거숭이 나의 스승들
>
> — 이종복, 「인천 작가회의」 전문

존재, 끝없는 수용과 저항의 길항 작용

"뭔가 있을거야 틀림없이 방법이 있을꺼야. 숨어라 오아시스야 내가 너를 찾을게 술래가 되어 너를 찾을게."

이 문구는 이윤희의 「사막의 술래」에서 가도가도 끝이 없는 사막을 걸어가던 낙타가 너무 힘든 자신에게 큰 소리로 하던 말에서 나왔다. 우리는 항상 무언가를 찾아가는 술래 같은 존재다. 어린아이가 어머니를 찾고, 청춘남여는 사랑을 찾고, 병들고 약한 자는 건강과 안식을 찾는다. 세상의 모든 존재들은 그 무언가를 찾아 길을 떠나는 과정 속에 있으며 그것은 어떤 기대를 갖게 하는 설레임이기도 하고 호기심 어린 삶이거나 희망일 수 있다. 그러나 술래로 태어났다는 것은 무언가를 꼭 찾아내야만 하는 강박을 안고 있는 것이어서 스스로의 긴장과 찾아가는 과정 속에서의 고달픔을 동반하지 않을 수 없다.

그것은 또 세상의 비의를 케어 내어 원고지 위에 그의 존재를 밝히는 시인의 운명을 닮아 있기도 하다. 술래가 된 자로서 모두가 숨어 있는 조용한 세상을 바라보면 두근거리는 숨소리를 느끼고 얼핏 비애의 그림자를 스치기도 한다.

여기 찾아가는 자로서의 본분을 상기하며 '존재란 무엇으로 사는가'라는 물음에 바짝 몸으로 다가서는 시인이 있다. 천금순 시인이 바로 그이다.

> 지금 쓰레기통속에서
> 무얼 찾고 있나요
> 내가 꺼낼 것은 과연 무엇인가
> 내 손엔
> 사람들이 쓰다 버려진
> 빨 주 노 초 파 남 보
> 무지개색의 물건들이
> 풍경처럼 펼쳐진다
> 볼펜과 건전지 꽃그림 컵
> 그 컵 속에 담배꽁초
> 그리고 누군가의 침
> 일회용 커피봉지 온갖 인스턴트 차 봉지
> 양말 구두 후레쉬 집게 휴지 명함 바나나껍질
> 아니 누군가 시켜다 먹고 남은 잡채 밥 족발
> 누군가 내 등에서 묻고 있다
> 노다지라도 캐고 있나요?

— 천금순, 「무얼 찾고 있나요?」 전문

위의 시는 일견 평범하고 진부해 보일 수 있는 소재들에 생명력을 부여하여 자신의 존재 의미를 묻는 데까지 자의식의 확장을 보여준다. 공공장소에서 쓰레기통을 청소하던 화자는 버려진 것들, 부정된 물건들을 펼쳐 보이며 담담히 자신을 향해 되묻는다. 빨주노초파남보 풍경처럼 펼쳐지는 그것들은 어떻게 버려졌을까? 버려지기 전에 맨 처음 그것은 누군가가 간절히 찾아 헤매던 생의 의미나 색깔 같은 것은 아니었을까? 그 누군가가 간절히 바라던 꿈이나 생기 같은 것, 무엇인가에 밀려 무료하고 쓸모없는 자리에 버려진 그 속에서 〈내가 꺼낼 수 있는 것은 과연 무엇인가〉 그것들이 재생 가능한 물건, 다시 말해 생의 또 다른 노다지가 될 수는 없을까? 하는 원초적 질문을 해 보는 것이다.

그의 손에 잡힌 현실의 몹쓸 것들, 세상에 접수 되지 못하였거나 접수되다만 쓸모없는 꿈들, 몸속의 욕구들, 알맹이 없는 시간들, 다 닳은 신발 같은 길들, 작고 볼품없는 일상들, 이 땅의 무수한 일회용 존재들, 혹은 인스턴트 잔재 같은 그림자등을 들어 올리며 시인은 무지개라는 서정적 로맨스와 배설물로 대변되는 생의 리얼리티를 펼쳐 보이는 것이다.

이 한 권의 시집에서 그가 찾아낸 것은 과연 무엇일까? 생의 노다지를 찾아 가는 과정에서 만나게 되는 온갖 사물과 존재… 그들 사이에서 흘러나오는 아픔과 절망… 자아 속에 갇혀 신음하는 불안과 욕구… 그럴수록 새롭게 자라나는 공허와 상실감… 가히 판도라의 상자를 연상케 하는 그것들이 점점 궁금해지기 시작한다.

바람이 분다
풀들이 눕고 다시 일어난다
봄볕에 그을리며 베어 놓은 풀을 긁는다
비릿하면서 향긋한 풀냄새가 싫지 않다
내 손에 수고로움이 가을의 수확을 말할까
깎아 놓은 풀밭 여기저기 하얀 골프공이 보인다
얼마 전 췌장암으로 아내를
먼저 보낸 문과장이 치다가
못 찾은 공일 것이다
허공을 잠자리처럼 돌다가
처박힌 이 하얀 골프공의 비애여
바람에 풀씨가 날려
내 얼굴을 스쳐간다
모두 초록이다
하늘은 파랗고
나무는 초록이다

— 천금순, 「풀을 긁다가」 전문

이 이야기에서 공은 여러 개의 의미를 지니고 있다. 문과장이 놓친 공은 잡히지 않는 미래이거나 희망을 상징할 수 있지만 문과장과 같은 공간 속에서 청소 일을 하는 화자가 찾아낸 공은 땀으로 표상되는 보람된 현실을 나타내는 것일 수 있다. 봄볕에 까맣게 그을리며 풀을 긁는 일을 하면서, 문과장이 끝끝내 포기한 공을 찾아낸 그는 그래서 우선 기쁘기만 하다. 그리하여 그는 "비릿하면서도 향긋한 풀냄새"가 나는 날것의 기쁨을 누린다.

하지만 이것은 잠시이고 곧 그는 아내를 잃은 문과장의 슬픔을 떠올린다. “허공을 잠자리처럼 돌다가/처박힌/하얀 골프공의 비애”는 문과장을 은유한다. 이처럼 시인은 섬세하고 따뜻한 감성으로 자신과 이웃하는 사람을 돌아본다.

로미오와 줄리엣 같은 좋은 연극은 한 무대에서 비극과 희극이 동시에 운용되고 있다. 무대 한 편에서는 가장 아름다운 언어로 속삭이는 장면이 펼쳐지고 다른 한 편에서는 가장 비속한 언어들이 난무한다. 비극과 희극이 함께 상존한다.

시인이자 청소 일을 하는 화자는 이 시집에서 그런 미학을 담아내고 있다. 청소부라는 직업의 비천함을 부끄러워하거나 기계적으로 도식화 하지 않고 오히려 시인 특유의 활발한 생명성으로 총체적인 삶을 그려낸다. 노동의 순수하고도 적극적인 행위를 통해 “바람이 불고 풀들이 눕는” 어두운 일상을 씩씩하게 빠져 나가는 것이다.

밤새 눈이 내렸다
얇게 드러날 듯 말 듯
발자국이 찍힌다
내가 가는 길
저만치
누군가 바쁘게 길을 내 주신다
어찌 내가 짊어진 짐이 무겁기만 하랴
새해아침
하늘엔 새떼들이
알 수 없는 문자를 그리며
날아가고 있다

— 천금순, 「새해아침」 전문

그가 자신과의 대면에서 "얇게 드러날 듯 말 듯 발자국이 찍히는"정도로 현실 존재에 대한 미미한 위치를 발견하지만 그는 곧 그 길을 받아들인다. 하지만 '받아들임'과 동시에 '저항'을 하는 것이 시인의 존재. 의식의 길항작용을 끊임없이 하는 시적 화자는 여기서 멈추지 않고 "알 수 없는 문자를 그리며" 새가 날아가는 하늘을 바라본다.

달이 기울고 뭇별들도 자리를 옮긴 꽃이 피는 봄밤 개화 속에 낙화를 본다 잃어버린 마음에 다시 찾은 기쁨도 잠시 내 안에 사랑이 있었는가 내가 누군가를 사랑하고 있는가 바람에 만개한 목련이 흰 나비떼인양 어디론가 날아가고 있다 내 마음 속에 어둠과 슬픔, 고통과 좌절, 원망과 미움, 불안과 두려움, 불신과 분열 그러다가 한 사람을 만나 소유했던 모든 것 다 내 놓아버리고 오직 한 사람을 향해 수난의 길을 함께 걸어 왔건만 이 세상은 꽃사태로 홍건한 피 낭자한 꽃무덤 아아 사랑하는 사람을 잃었구나 사랑하는 사람을 찾다가 그 시신마저 없어진 빈 무덤 앞에 서서 울고 있는 초라한 내 모습 잃어버릴래야 더 이상 잃어버릴 것이 없을 때 내 몸에 힘이 다 빠져 나갈 때 그 때 "마리아야!"하고 부르는 소리

— 천금순, 「어둔밤」 전문

시 속 화자가 찾아가는 것이 무엇이든 간에 나는 최근에 이 시를 쓴 시인에게 연이어 일어난 몇 가지 슬프고도 가슴 아픈 사건을 기억하고 있다. 일생을 통해 가장 많이 의지하고 이해로써 감싸주던 어머니의 죽음과 여기까지 살아오는 동안 빗물과 진흙 속에서 함께 뒹굴면서 질척하고 끈끈한 애정으로 묶이었던 남편의 알코홀릭, 태어난 지 삼일 만에 하늘나라로 간 손녀와 사위의 손가락 절단 사고가 그것이다.

그러나 이 시는 살아간다는 것이 거대한 고난을 어떻게 감수해 나가는가에서 끝나지 않고 그것을 있는 그대로 의연하게 받아들임으로서 '다시 시작하는 삶'이라는 것을 보여준다. "내 몸에 힘이 다 빠져 나갈 때 그 때 마리아야!" 하고 부르는 소리를 듣는 것, 눈물의 실타래를 풀어 낼 수 있을 만큼 풀어내고 퉁퉁 부은 눈가를 쓰윽 훔치며 다시 길을 가는 것, 그것이 "어둔 밤"을 통과하여 숨어 있는 자를 찾아가는 술래로서의 책무를 다하는 그의 삶이자 운명이 되는 것이다.

언제부터인가 남편은 이슬을 먹기 시작했다
사는 게 힘들어서, 잠이 오질 않아서, 괴로워서,
내 잔소리 때문에, 라고 핑계 아닌 핑계를 댔다
어느 날부터
그는 이슬은 더 이상 이슬이 아니라며 참이슬로
바꿨다
이슬은 이슬 그 이상이 되었다
그가 물 마시 듯 하는 이슬
그의 유일한 위로이자 밥인 이슬
내 잔소리 뒤로
무슨 보물이라도 되는 듯
여기저기 꼭꼭 감추어 놓고
몰래 마셔대는 이슬

너 없인 살아도 이슬 없인 못 산다는 그
나는 지금 이슬과 싸우고 있다

— 천금순, 「이슬」 전문

세상에 동화되거나 접수되지 못한 남편이 위안을 받을 수 있는 곳은 그의 무능이나 모자람까지 무조건적으로 포용할 수밖에 없는 가족의 품이다. 그 중에서도 어머니나 아내라는 따뜻한 둥지다. 그런데 그런 아내를 밀쳐내고 물마시듯 밥을 먹듯 술의 힘에 의지하며 세상을 등지고 있는 남편을 바라보며 화자는 "나는 지금 이슬과 싸우고 있다"고 고통스럽게 말한다. 하지만 실상 그가 싸우고 있는 것은 마셔도 마셔도 허기진 이슬 같은 세상이며, 마실수록 혼탁해지는 인간관계일 수 있다. 세상에서 자리매김할 수 없는 그의 남편은 "너 없인 살아도 이슬 없이 못 산다"는 말로 화자에게 상처를 준다. 아내의 자리에서 밀려나 있게 하는 그 벌건 상처의 말은 그대로 화자의 가슴으로 날아와 꽂히는 화살이다. 어머니 세대의 여자로서 생의 의미는 삶과 생명에 대한 감내이며 거기에 책임을 부여함으로서 현실을 감수하는 것이었다. 그런 면에서 그는 현재의 고통을 포기할 방법이 없고 원망할 처지도 못 되는 것이어서 존재의 소외감을 절실하게 느낀다.

창밖은 진눈깨비
그러다가 가랑비
봄비 추적추적
여자들이 화투치는 소리
딱딱 마주치는 소리
금선의 씨불알
차순이 오메오메 오점
영자언니 고 한 번 했어!

구사가 살아버렸네
쓰리고……쓰리쓰리
순애 박도 못 면했네
금선이 간신히 살아 났네
사점 났어. 오 육 칠 팔 구 십……
오전 일 끝나고
마포자루도 쉬는
한나절 숙소 풍경
창밖은 어느 새 함박눈
오메오메 저 눈 좀 보아

— 천금순, 「숙소에서」 전문

시가 세상이나 인간을 은유하면서 압축하는 장치를 가진다면 비유적인 이 시 역시 종합적이고도 입체적 그림을 그린다고 볼 수 있다. 이 시는 오전 일을 끝낸 동료들이 화투를 치는 정황을 그리고 있다. 금선의 입에서 거침없이 쏟아지는 욕설도, 이제 마악 가속력을 붙이는 영자 언니의 출발 사인도 역동적 생기가 돈다. 차순의 춤사위도, 그 한구석 박도 못 면하는 순애의 초라한 모습도 풍경이 한낱 풍경으로만 끝나지 않고 그 사실성이 또 다른 풍경을 자아낸다. 드라마틱한 구성을 통해 시적 효과를 얻는 것은 이 시가 인간으로서 숨기는 그 어떤 것도 없이 자유로운 느낌을 준다는 데 있다. 어떤 비천함도 부끄러움도 가감 없이, 눙치듯이 이야기기하는 청소부 시인은 시적 화자를 통해 독자에게 공감을 주는 것인데 그럼으로써 "마포 자루도 쉬는/한 나절 숙소 풍경/창밖은 어느 새 함박눈/오메오메 저 눈 좀 보아" 에서와 같이 순진무구하게 이어지는 사물과 풍경

사이에 이 세상과 고립되지 않고 상호 교감하고 있는 시인의 마음을 엿볼 수 있는 것이다.

그의 시에서는 유독 청라도 에서의 풍경과 사색이 많이 엿보인다. 청라도는 현재 시인이 살고 있는 인천 서구에 위치한 매립지인데 현재는 세계의 푸른 보석으로 떠오르며 경제 자유구역의 청라지구라는 지명으로 더 친숙한 곳이다

들녘에 메마른 포도덩굴
어느 분의 몸 같다
밤새 울었을 갈대밭 사이
눈부시게 떠오르는 아침 햇살
일시에 날아오른 새떼들
황금빛으로 물든 청라마을
아주 조그맣게
솟아오르는 초록들
지나간 일도 생각하지 말고
흘러간 일도 묶어두지 말자

— 천금순, 「청라 마을을 지나며」 전문

시인은 뻘밭을 메운 청라 마을을 관통하는 동안 무엇을 찾았는지에 대한 해답에는 짐짓 정면으로 말하지 않는다. 하지만 이 시에서 "밤새 울었을 갈대밭 사이/눈부시게 떠오르는 아침 햇살"처럼 어둠을 극복한 심포니의 마지막 장면 같은, 울림이 있는 포에지의 공간을 얼핏 내 보이고 있다.

곤드레 씨앗을 고르는 농부 시인

인천 시내에서 거주하다가 얼마 전 강화도로 귀농한 시인이 있다. 그는 오십 평생 아름다운 치장을 위해 웨이브나 멋스러운 퍼머 머리 한 번 하지 않았지만 미소 하나만큼은 금쪽같은 자연산 시인이다. 필자가 서평을 쓰기도 했던 그의 첫 시집엔 농부시인으로서 드러나는 그의 열정적 삶이 숨어 있다.

> 웬만한 것들은 소금물을 뒤집어쓰면 숨을 죽이지만
> 볍씨를 고르는 일엔 소금물이 제격이다
> 소금물엔 알맹이를 추려내는 힘이 있다
> 키질이 잘된 볍씨도 그 속에 넣으면 영락없이 뜨는 것들이 있다
>
> 고 작은 껍질 속에 좁쌀만큼만 틈이 있어도 종자가 될 수 없다고

꽉 찬 속으로 바닥까지 가라 앉아 짠 맛을 보지 않고는
모가 될 수 없다고
쭉정이들을 모조리 밀어낸다

알맹이들만 고요한 세상
초봄의 햇살이 생강나무 꽃을 넘어
그 속으로 들어간다
금방이라도 지느러기가 돋을 듯 또록한 것들이
소금물을 뒤집어쓰고 순간의 경계를 넘고 있다
폭염을 잘라내고 폭풍을 치받을 힘 쟁이고 있다

—김종옥「소금」전문

우수가 지났으니 이제 곧 봄이 올 것이다. 단단하게 얼었던 땅이 풀리고 싹이 움트는지 공기의 냄새와 흙빛이 달라진 듯도 하다. 농부시인도 볍씨를 고르며 분주해질 것이다. 쭉정이를 모조리 밀어내고 있는 소금물 속에서 또록한 눈을 뜨고 있는 볍씨처럼.

농사를 지을 때에나 시를 쓸 때 농부 시인은 소금물을 뒤집어 쓴 것처럼 치열하다. 그런 모습을 그의 시에서 엿볼 수 있는데 "빳빳하게 서서도 피가 보이지 않는다 / 너무 햇살이 퍼져도 피가 보이지 않는다 / 너무 흐린 날도 피가 보이지 않는다 / 바람이 부는 날도 피가 보이지 않는다" 라고 쓴 이 시는 고정된 정신의 눈이 아니라 순간의 경계를 넘는 시인의 눈으로 바라본 현실을 그리고 있다.

그는 자신에게 주어진 여러 개의 역할에 충실히 임한다. 꿈과 현실을 함

께 가꿔 가는 시간이 버겁다고 해서 그 중 어느 하나를 내버려 두고 치우친 한 정체성만으로만 살지 않겠다는 의지를 그는 종종 내 비친다. 도회적인 문화를 벗어나 농촌의 현장에 이주 해 살면서도 그곳에서의 감회를 시인은 여전히 시적인 감성으로 노래하고 있다.

> 베란다 창문으로 날개달린 개미들이 기어오르고 있다 / 무거운 듯 축 늘어진 날개를 지고 저들은 지금 막, / 순한 양떼가 지나가는 하늘, / 새 한 마리가 파고드는 하늘을 가려는 것이리라 // 나는 숨소리에도 날아갈 듯한 곤드레 씨앗을 고르고 있다 / 내 손바닥 속 이랑들은 너무도 메말라서 / 한껏 좁혀보아도 빛살같이 퍼져 자꾸 떠오르려 한다 // 중략// 반짝이며 날아올랐던 씨앗 하나 / 먼지 쌓인 바닥에 나려 굴러 간다
>
> —김종옥「비상」,「非常」부분

"곤드레 씨앗을 고르고 있"는 그녀는 이 시에서 현실적으로 그 어떤 미적이고도 초월적인 시간을 가질 수 없다. 시인으로서 현실에 압도당하는 일은 무거운 듯 축 늘어진 개미 날개를 연상시킨다. 글 짓는 일이나 농사짓는 일이 '짓는다'는 생산적인 의미에서 같은데 농부 시인에게도 이 둘은 분리된 것이 아니요 따라서 내부와 외부가 상호 내통할 때에 반짝 빛나는 생명이 되고 있다. 하지만 시인으로 살면서 일상의 총체적인 실체를 유지하기란 여간 어려운 일이 아닐 것이다.

> "한 밤중 느닷없이 바람이 휘몰아친다 / 팽팽하게 버티던 비닐하우스 한쪽이 송두리째 뽑혀 날린다 / 문짝을 후려치고 가둥을 잡아 흔들어대며 퍼덕인다 / 하늘이 쩍쩍 갈라진다 / 저 얼굴도 없이 미처 죽은 귀신처럼

날뛰는 것은 무엇인가"

— 김종옥 「바람」 부분

농부 시인으로서 충실하면서 인간성의 교직을 구현하는 그는 시시때때로 출몰하는 세이렌의 노랫소리를 듣는 것은 아닐까? 하지만 농사짓는 일이 오로지 단순 반복적이고 손을 뗄 수 없는 일이지만 그 속에서도 '새 한 마리 파고드는 하늘'을 느낄 수만 있다면 '날아오르는 곤드렛 씨앗'과 같은 기쁨이 된다는 것을 그는 확실히 보여주는 詩人이다. 몸과 마음이 접속하는 곳에서 만나게 되는 암초와 여울목은 위태로워도 이 시대 사이렌을 돌아 나오는 사람은 아름답기만 하다.

비정규직,
그 반원의 터널

자아와 대상 사이의 틈을 어떤 새로운 관계 맺음으로 극복할 수 있을까? 데리다는 우리가 사물 자체를 잡을 수도 보여 줄 수도 없고 현재가 현존 될 수 없을 때 기호라는 우회로를 통해 표상한다고 했다. 즉 기호는 부재중에 있는 현존을 표상한다.

박수현은 ( )괄호 라는 기호를 써서 부재중에 있는 현존을 대신하는데 흔히 기호는 사물 자체를 대신해서 사용하는 것으로서 여기서의 사물은 존재하는 사물이다.

> 나는 기간제 교사다. 육아 휴직한 어느 젊은 여교사의 그림자인 나는
> 교사명단란 그녀의 이름 옆 ( )속에 갇혀 있다. ( )인 나는 십년을 일해도

백년을 일해도 근무연한 5년차까지만 인정받는다. 성과급 지급은 물론 공무원증도 발급되지 않는다 전자문서 결재란에도 급여 명세서에도 따라붙는 기간제라는 말, 교무회의 때에도 ( )속을 벗어나지 못한다. 내 목소리는 그들에게 들리지 않는다. 눈도, 귀도, 가슴도 없이, 그저 괄호인,

—박수현「( ) 괄호」부분

IMF 이후 기업은 물론 학교에서도 신자유주의의 물결은 밀어 닥쳐 많은 사람들이 고용불안에 시달리고 있다. 이 시의 화자는 비정규직 기간제 교사로서 정규직 교사 옆에 ( )괄호로 살아가는 종속적이고 보조적인 존재이다.

십년을 일해도 백년을 일해도 근무 연한 5년 까지만 인정받고 성과급 지급은 물론 공무원증도 발급되지 않는 것이 기간제 교사의 현재이다. 억압과 불통과 불평등의 상징인 괄호라는 기호로 살아가는 삶은 조직사회에서 개개인 구성원의 의지 따위는 무시되고 거대한 손에 의해 마치 기계의 부품처럼 사물화 되어 살아가는 것을 의미한다. 무기력하게 소외되어 가는 현재속의 화자는 그런 뜻에서 미래의 풍경 속에서도 당연히 지연 연기 유보된 존재일 수밖에 없다.

"아이들이 내게 달려와 내년에는 몇 학년을 맡을 거냐고" 물을 때 "( )를 이해하지 못하는 그들에게" "그저 ( )로 웃"을 수 밖에 없는 사람의 이 자조적인 행위 때문에 독자는 자본주의 조직사회에서 비정규직은 노동의 유연성이나 탄력성이라는 명분으로 언제든지 잘려 나갈 수 있는 보조

적이며 잠정적인 자리라는 것을 새삼 돌아보게 된다. 또한 기간제 교사로 살아가는 화자가 미미한 실존의식을 감지하며 자기 자신을 직시하는 자조적인 웃음을 짓는 이유를 공감하게 된다.

한국사회의 양극화가 심화되면서 이들이 겪는 사회적 불안은 더 이상 남의 일이 아닌 누구에게나 언제든지 닥쳐올 수 있는 일이 되어가고 있다. 이 시의 ( )괄호로 대변되는 화자의 존재가치처럼 부수적이며 잠정적일 수밖에 없는 특성을 갖고 살아가는 사람들이 전 지구적 자본주의 시대의 첨예한 풍경 속에서 드러나는 것이다.

개인의 자유의지가 상실되고 이 시대 인간의 실존이 결손된 부분을 화자는 자신의 직분을 통해 투명하게 반영하고 있다. 교사는 대개 그 스스로 타자를 향한 제도와 억압의 상징으로 그려져 왔는데 이 시에서는 비정규직 기간제교사인 화자 자신이 그 억압과 불통의 제도 속에서 부조리한 존재의 이미지로 그려지고 있다.

현재의 시간 속에서 괄호로 주어진 자신의 존재가 어떤 의미인가를 삶의 구체적 체험을 형상화함으로써 일상의 경계를 뚫고 나아가려는 자아의 욕구와 그것을 가로 막는 기존의 관습과의 갈등을 첨예하게 드러내고 있는 것이다.

따라서 스스로를 나타내면서 스스로를 삭제하는 무의미한 존재로서의 ( )괄호라는 기호 개념에는 현존의 권위를 떨어뜨리는 삶의 대칭적 대립의 요소가 숨어 있다. 이것은 각박한 현실 세계와의 비적응성으로 세상과 동떨어진 삶을 사는 자신의 위치를 정확히 응시함으로써 불안과 불균형의 현실을 돌파해 내려는 시인의 현실 의지를 나타낸 것이라고도 말 할 수 있다.

시 「반생이 흘러가다」에서는 현재의 시간 속에 과거와 미래가 동시에 현재화 되어 있다. 프로이트는 인간의식이 현존이 아니라 차이에 있다고 간파했다. ( )괄호는 시간과 공간화에 따른 구별이고 차별이며 간극으로 볼 수도 있는데 이 ( )괄호라는 기호로서 존재하는 시인의 삶은 박수현의 시집 곳곳에서 발견된다.

이 시 「반생이 흘러가다」에서 홍지문 터널을 ( )괄호라는 기호로 바꾸어 놓고 보았을 때 그 속에서 벌어지는 일들은 현존의 표상을 의미하며 이것은 존재자의 존재성의 범주 속에서 우리를 구속하는 틈 (한계)에 속한다고 할 수 있다. 이 틈 속에는 과거와 현재의 시간이 중첩되어 있다. "일렬로 켜져 있는 불빛이 연속무늬의 꽃잎처럼 번득"이는 이 틈은 질서 균형보다는 불안정, 혼란, 불균형을 지향한다. "굽어진 터널 회전이 급하다", "추월 당하지 않으려고 핸들을 꽉 잡는다", "렉카와 앰뷸런스가 앵앵거리며 달려"온다. 때문에 미래의 몸 안으로 넘어갈 수 없는 "누군가 이 대열에서 이탈한" 연기 유보된 존재라는 것을 보여 주는 것이다. 하지만 프로이트는 '차이 없이는 파열이 없고' '차이 없이는 흔적이 없다'고 했다

정수리에 까맣게 어둠이 박히네

몇 개의 행성을 광속으로 내쳐 달려온
젖은 햇살이
몸 속 어둠을 한꺼번에 말리네

출구이자 막장인 그곳은
자꾸 단단해지고

— 박수현, 「피보나치 법칙으로—해바라기」 부분

현실 문명의 과도한 흐름이 통제 불능의 상태로 치닫고 있는 현실에서 어떻게 하면 내가 존재로서 존재자를 최대한 꽃피울 수 있을까? 베트멘의 힘이 세지면 세질수록 조커의 힘도 세진다는 것을 이 시는 보여준다. 해바라기가 새 생명의 씨앗을 잉태하는 과정을 "정수리에 까맣게 어둠이 박히네"로 표현한 화자는 이것을 마치 심청이가 인당수에 빠져서 바닥에 닿기까지, 예수가 십자가에 매여 돌아가시기 까지 극렬하게 부딪혀 왔던 무명의 실체로 인식한다. 마치 악당인 조커가 선의 화신인 베트맨을 끝까지 방해하고 막아서면서 "You Complete Me! 내가 왜 이 세상에 출현했는지 아느냐 네가 있어서 내가 나왔다!" 라고 외치는 것처럼… 내 안의 선의 빛이 밝으면 밝을수록 어둠이 짙어지는 것을 말해 주는 것이다.

그래서 출구이자 막장인 그곳은 더욱 단단해 진다. "몇 개의 행성을 광속으로 내쳐 달려온/젖은 햇살이/몸 속 어둠을 한꺼번에 말리"는 것처럼. 오랫동안 침묵했다 막상 찾아보면 모든 번뇌 업식이 일시에 타 버리는 양구良久 수행처럼 눈을 뜨면 그대로 정토의 세계가 펼쳐진다. 1, 2, 3, 5, 8, 13, 21처럼 바로 앞의 두 숫자의 합만큼 증가하는 것이 피보나치 법칙이라고 시인은 주석을 달고 있다. 이는 막장을 터치하는 순간 컴컴한 세계가 확 밝아지면서 존재자의 껍질이 깨어지고 마치 심청이(화자)가 수정궁(존재)에 들어가는 이치를 형상화한다.

박수현의 시 「아스팔트 위에서 중생대를 만나다」는 과거의 모든 것이 현재의 상태로 회감하듯 성산대교 상습정체 구간이라는 현시대의 정경과 원시적인 순수성을 회복하는 중생대, 이 두 양극단의 혼융을 통해 우주의 순환 원리를 보여주고 있는 듯하다 .언뜻 보면, 우주의 모든 존재가 갓 튀겨낸 공룡알 빵처럼 지금 이 곳으로 돌아옴의 발견이라는 둥근 궤적을 보여주고 있다.

상습적으로 정체되는 대상과 지친 자아 사이의 틈에 불현듯 공룡알이 부화되고 싱싱한 원시림이 자란다는 것은 어떤 한계에 의해 경계가 정해지는 것이 아니라 마치 모조의 입구와 출구가 여전히 게임의 일부분이 되는 구조를 닮게 된다. 이 공간에서 시인은 끊임없이 스스로를 상이하게 상이한 것으로 대치시킨다. 그렇게 함으로써 시간적으로 지연되면서 스스로를 전치시킨다. 이 과정에서 시인의 사유가 종횡무진으로 샅샅이 횡단되고 무한대로 팽창확대 복사되고 있음을 볼 수 있다.

박수현의 시 「타임래그 Time Lag」에서 화자는 지구의 반 바퀴 구름밭을 걸어와 장거리 여행후의 시차로 인한 현기증을 앓고 있다. 세계의 객관적 물(物)과 만나는 접점에서 빚어내는 무어라 꼬집어 말할 수 없는 경계에서 옛것의 자취에 얽매이는 것은 분명 병통이 된다. 옥따비오빠스는 모든 문화가 〈시간의 종말〉에 대한 두려움으로 입구와 출구에 대한 의식들이 비롯되었다고 하였다.

신화는 과거이면서 미래이다. 신화적인 사유를 고스란히 계승하고 있는 박수현의 많은 시에서 신화적인 질서가 경계를 전도시킨다. 과거를 미래와 결합시키고 현재를 추측하게 하는 위와 같은 과정에서 그는 시차로 인한 현기증을 앓고 있다.

마이너리티의 정치학

외환위기 이후 21세기 벽두부터 자본의 전 지구적 확산은 세계적인 '이동'과 '이주'라는 새로운 현실을 불러 왔다. 신자유주의적 재편이라는 와중에도 세계의 마이너리티라 불리우는 가난한 노동자와 어린이가 생겨났다. 이들이 모두 주변인이라는 사실에 직면하여 단순한 관찰자가 아니라 그들의 부재不在함을 제시하는 것이 타자로서의 작가인식이라고 생각한다. 이들의 병리적 현상을 해소하는데 최소한의 노력이란 공동체의 소중함과 타인의 삶을 배려하는 마음과 자세일 것이다.

정다운 도서관 앞 튤립 공원 한가운데
동그란 원탁이 하나
오늘 아침 무슨 회의를 하는지

새하얀 눈들 빙 둘러 앉아 있다

유엔아동권리규약을 앞에 펼쳐 놓은 채
바람 한 점 햇빛 한 점 버찌나무의 그림자도 한 점
조금은 엄숙한 표정으로
하얀 고봉밥 아직 한 술도 뜨지 않고 있다

눈 속을 삐죽이 뚫고 나오는 자주 빛 튤립도
눈 무더기를 밀치며 새순을 내미는 연산홍도
실은 원탁의 회의장을 향한 것
원탁의 차가운 눈을 향해 발언을 하고 싶은 것

당사국은 모든 아동이 생명에 관한 고유의 권리를 가지고 있음을 인정하는가
엄연한 봄날의 기습 한파에
어떤 눈은 고개를 숙이고
어떤 눈은 숨을 죽이고

햇살의 꿈틀이 물방울의 꿈틀이 은행나무 뿌리 속 실뿌리들
어둠 쪽에서 고물거리며 걸어 나올 때

정다운 도서관 원탁 옆 목발 짚은 감나무도
신경 혈액 근육 피부 털 위에 내린 뾰족한 서리를 밟고서
아동 권리규약 제 6조 생존과 성장편을 읊조린다

버려진 새끼 까마귀
흑인종 구름을 따라 다니며 비정상적으로 배가 불뚝해진 그림자

어린이를 이렇게 방치해서는 안 된다고
이름과 국적이 적힌 팻말도 없이
꽃과 나무들 차디찬 눈 위를 무작정 뚫고 올라 오는데

— 정민나, 「원탁의 화원」 전문

매서운 추위라는 상황으로부터 꿈틀대는 새싹들은 겨울을 밀치고 나온다. 원탁의 차가운 눈앞에 이미 와 있는 봄을 바라보면 현실이 주는 고통으로부터, 혹은 부조리하고 불합리한 현실로부터 벗어나려고 안간힘을 쓰는 사람들의 모습이 떠오른다. 봄날의 기습 한파와 눈 무더기 속의 답답한 세계에서 그것들은 추방과 폭력의 위험에 노출되어 있는 이 세계의 소수자들을 닮아 있다.

최근 들어 난민 문제가 전 세계적으로 문제가 되었다. 선진국은 난민 수용을 불가하고 우리나라도 얼마 전 제주도로 몰려온 난민 수용에 대한 찬반 여부로 전 국민의 뜨거운 화제가 되었다. 전쟁과 재난으로 살 길이 막막해진 난민들은 인접국으로 넘어가려 하는데 그 와중에 많은 어린아이들이 죽어가거나 고통을 겪는다.

튤립이나 연산홍, 새끼 까마귀와 같은 소소한 존재들은 그러나 현실이 주는 고통에 좌절하지 않고 부조리하고 불합리한 상황에 저항한다. 이럴 때 나는 '문학은 굶는 아이들에게 빵을 주지는 못하지만 그 불행한 현실을 추문으로 만듦'으로서 문학의 윤리를 실현할 수 있다는 사실을 확인한

다. 억압적 현실에 대한 재현으로 과거의 문학이 정치적인 것에 접근했다면 지금은 새로운 감수성과 시적 문법으로 타자와의 관계를 형상화하고 있다.

그것은 우리가 이때까지 '타협'과 '타결'이라는 아름다운 시간을 커다란 원탁에서만 찾아왔던 것과는 다른 방향에서 모색할 수 있음을 뜻한다. 어둠 속에서 고물거리며 걸어 나오는 '햇살'이나 '물방울', '실뿌리'와 같은 일상의 작은 사물이나 사건에서 그와 유사한 세계의 사건을 중첩해 볼 수 있다. 우리 사회의 이기심이나 개인주의를 자연의 형식으로 드러내고 더불어 사는 공동체적 삶을 추구할 때 소문자 '문학의 정치'는 가능하다.

6 · 25,
말하지 못한 그들의 사연들

대한노인회 부설 노인대학에서 문예창작 강의를 해 오고 있는 나는 평균 나이 칠십이 넘은 분들에게 일주일에 한 번씩 작품을 받아서 읽는 재미가 색다르다. 지금까지 살아오면서 말하지 못했던 그들의 사연들, 무의식적으로 쌓아 온 원망, 슬픔, 분노가 판도라의 상자처럼 백지 위에 놓여진다. 두루뭉술 형체를 알아볼 수 없는 그것에 대해 창작 교사로서 조금 더 구체적인 질문을 하려 하면 어떤 분은 감정에 복 받히는지 먼저 굵은 눈물을 뚝뚝 떨군다.

상주 낙동강가 형제들과 나란히 부모님 산소를 둘러보네
흐르는 강을 바라보면
옛날 피란 시절 생각 난다

6.25 피란길에 둥둥 떠내려 온 목선을 잡고
우리 9남매 태우시고 강을 건너던 아버지

물이 새어 나오는 배에서 우리는 고무신 벗어
물을 퍼내며 영천까지 흘러갔다

지레 밭 모래강을 돌아
이제 노을에 서서 흘러간 시간 생각한다

깨어진 밑바닥 빠르게 흘러간 것을 바라본다

— 조명진, 「부모님 산소 앞에서」 전문

6·25 때 초등생이었거나 청소년이었던 그 분들은 가난한 그 시절이 어쩌면 떠올리기 싫은 기억일 수 있다. 전쟁이 끝난 직후 세계 최빈국이었던 우리나라에서 가난과 관련된 이야기는 누구도 빗겨갈 수 없는 일이다. 그 옛날 폐허의 땅이 이제는 다른 나라에 원조를 주는 나라로 바뀌었으니 이제는 여유롭게 당시의 이야기를 꽃피울 만도 하건만 아직도 가슴의 한으로 남아 있는 사람들이 많은 것 같다.

나는 '꽃피는 문학마을'에서는 모든 것을 풀어내야 한다고 그들을 설득한다. 상처로 얼룩진 시간을 가슴에 담아 두고두고 부끄러워만 할 것이 아니라 그것을 솔직하게 털어 새롭게 표현하는 시간을 가져야 한다고, 그러면 응어리진 한도 꽃처럼 피워날 수 있다고 그들을 부추기면서 용기를 준다.

1950년 6월 25일 전쟁이 났다. 아버지는 새우젓을 상구선(운반선)에 가득 싣고 서울 마포강으로 팔러 가셨다. 어머니는 고기 잡는 중선배에 선원들의 식구들과 우리를 데리고 덕적도로 피란을 가게 되었다. 마포강에 장사 가신 아버지는 한강 다리가 끊어지자 피난민들이 남쪽으로 피신을 하는 대열에 끼어 어렵게 마포강을 건너셨다. 그리고 수소문 끝에 우리가 있는 덕적도로 찾아오셨다.

덕적도 '서포리'라는 동네에는 집이 몇 채 안 되기 때문에 우리 식구와 선원들 그리고 그들의 가족 이십 여명이 배에서 생활을 했다. 얼마를 살다 보니 쌀이 떨어져서 '문갑도'라는 섬으로 곡식을 구하러 갔다. 그 당시 무인도에 가까운 문갑도엔 몇 가구 안 되는 사람들이 살고 있었다. 그 곳에는 보리와 감자가 주식이었다. 보리쌀에 감자 넣은 밥을 어선에서 해먹던 기억이 생생하다.

이야기가 개인의 회상으로 밋밋하게 시작되었지만, 이들의 일기는 역사의 구체적인 사실까지 들여다보게 한다. 그들은 과거, 밥 먹는 일, 사는 일에 치여서 어린 시절 이야기를 풍성하게 꽃피우지 못한 감이 있다고 했다. 어린 시절과 육이오에 관련된 이야기가 쏟아지자 그제서야 비로소 '나만 가난하고 피폐한 시간을 보낸 것이 아니었구나'라는 생각이 들었는지 이번에는 자연스럽게 그 시절의 이야기를 꺼내놓기 시작한다. 그 당시 어떤 옷을 입고 어떤 일을 하고 어떤 생각을 하였는가 하는 이야기가 지금에 와서는 디테일하고도 생생한 그 시절의 문화였고 시대 의식이었음을 알고 그들 스스로 놀라워한다. 그들이 털어놓은 각자의 이야기가 모여 역사가 된다는 사실을 새삼 신기하게 생각하기도 했다.

> 아버지는 피란 시절에도 항상 돈 보따리가 있었다. 그 때 돈을 싼 보자기는 자주 색깔이었는데 지금 우리 언니 시아버지의 돈 보따리와 똑같은 색깔에 똑같은 천으로 짠 것이어서 구별하기 어려웠다. 화폐 개혁 전이라 부피가 컸던 그 돈으로 무엇이든 살 수 있었지만 피난 중이라 마음대로 안 되었다. 인민군이 마을에 들어왔을 때 남자들과 아버지의 돈 보따리를 빼앗아 산속으로 갔다. 여자들과 아이들은 그냥 배에 남겨 놓았다. 우리들은 숨죽이며 애타게 걱정을 하였다. 인민군도 이념에 물든 군인들은 빨갱이라는 생각이 들 정도로 독하였지만 나이 어린 군인은 순진하였다. 그들이 남쪽으로 내려가면서 우리 아버지를 포함해서 남자 선원들을 돌려보냈다. 돈 보따리도 주었는데 우리는 사돈네 것과 바뀌어서 액수가 많은 것을 받게 되었다.
>
> ― 윤옥순, 「피란시절」 부분

전쟁 중에 빼앗은 돈 보따리를 인민군으로부터 다시 돌려받은 이야기는 뜻밖의 사건인데 이 때 이 글을 쓴 필자는 한국 전쟁 중 실시된 화폐 개혁 직전의 일도 언급하고 있다. 우리나라 화폐 개혁은 1905년, 1950년, 1953년, 1962년 네 차례에 걸쳐 이루어지면서 오늘날 화폐의 모습을 자리 잡게 되었다. 이 역시 독자들로 하여금 우리나라 화폐의 역사까지 들여다보게 하는 흥미로운 이야기가 아닐 수 없다.

> 내가 열다섯 살 되던 해 6·25 사변이 터졌다. 그 때는 농촌에서 모내기 시작이 한참이었을 때다. 부모님을 도우려고 모를 내고 있는데 은은하게

천둥소리가 들려왔다. 그것이 대포 소리라는 것을 처음에는 몰랐다.

하루 이틀 지나자 보따리를 등에 지고 사람들이 떼를 지어 내 고향으로 내려오는 것이었다. 소위 피난민들이었다. 그제서야 나는 '아! 어끄제 들린 소리가 대포 소리였구나.' 알아챘다. 사람들은 남의 집 초가 밑에 거적을 깔고 잠을 잤다. 아이들을 업고 더 남쪽으로 내려가는 사람들도 있었다.

얼마 안 있어 인민군이 따발총을 메고 나타났다. 이때부터 사람들은 이들의 명령을 따라야 한다고 했다. 정치나 이념을 모르는 사람들도 모두 이들의 명령에 순종하고 종사해야 했다. 밤이 되면 동네 청년들을 모아놓고 인민군 지원병을 뽑았다.

나는 밤이면 콩밭에 숨거나 도망을 다녔다. 어떻게든 그들의 눈에 띄지 않으려고 애를 썼다. 동네 친구들은 거의 붙들려가거나 인민군에 입대하였다. 그 때 넘어간 친구들 중에는 지금까지 행방불명인 친구도 있다. 요직에 있던 사람들을 총살하였다는 소식도 들렸다.

전쟁이 나고 그 이듬해 눈이 엄청 많이 왔다. 이승만 대통령은 17세 이상의 청장년은 모두 남쪽으로 피난을 가라고 했다. 그냥 남아 있으면 인민군의 병력으로 흡수할까봐 남하시켰던 것이다. 제2 국민병으로 나도 하루 종일 몇 십리씩 걸어서 남쪽으로 내려갔다.

20여 일간이나 걸어서 갔다. 저녁에 잠을 잘 때는 동네 방에서 한 방에 10~20명씩 잠을 잤다. 너무 불편하여 누워 잘 수 없는 때가 많았다. 그러면 앉아서 눈을 부치는 것이었다. 지금에 와서는 상상도 못할 일이다.

—주영환 「6 · 25 동난」 부분

역사란 일종의 경험의 축적'이라고 했다. 이름 없는 개인들의 사소한 하나하나의 사건들이 역사가 되고 그 역사는 우리에게 교훈을 준다. 그것이 현재의 삶을 돌아보게 하고 미래까지 내다보는 지혜를 준다는 사실을 우리는 이들의 글에서도 확인할 수 있게 된다.

우리 집은 김해읍이라 피난을 가지 않고 마을로 들어오는 군인들을 대접했다. 아버지는 동네 구장직을 맡고 있었다. 저녁이면 군인들이 솜을 넣은 누빈 옷을 입었는데 때가 쩔어 흰 옷인지 노랑 옷인지 분간 할 수가 없었다. 얼굴과 손은 얼마나 씻지 못 했는지 땟국이 줄줄 흘렀다. 사람들은 이들을 보고 '핫바지 부대'라고 불렀다. 그들의 얼굴은 하나같이 웃음을 잃은 지 오래되어 보였다. 지쳐 보이거나 얼굴이 무표정 하였다.

한 부대가 지나가면 또 다른 부대가 들어왔다. 그럴 때마다 많은 사람이 우리 집안으로 들어왔는데, 그들이 방문을 열어놓았을 때 지그재그로 누어 정신없이 자고 있는 모습이 보이기도 했다. 어린 마음에도 안쓰러운 생각이 들었다.

—오금주 「핫바지 부대」 부분

로마의 철학자 키케로는 "우리가 만일 태어나기 전에 일어난 일들을 알지 못한다면 영원히 어린 아이로 머무를 것"이라고 하였다. 과거의 경험이 현재의 교훈과 미래의 전망을 갖게 해 준다는 깨달음은 달리 말해 수많은 '평범한 사람들의 이야기'를 간과해서는 안 된다는 말이기도 하다.

'하양'이라는 데까지 가서 앞산 넘어 포탄 터지는 소리를 들었다. 밤이면 번쩍이고 쾅쾅 거리는 소리도 들었다. 그럴 때면 부모님과 동네 분들이 당황하시는 모습이 역력했다. 포탄 터지는 소리가 며칠 계속 이어지고 난 뒤 유엔군이 왔다. 그들은 인민군이 후퇴한다고 하였다. 그러자 부모님은 우리도 고향으로 올라간다고 했다. 피난민들 행렬 속에 끼어 돌아오는 길은 방금 전 격전이 있었던 싸움터였다는 것을 직감할 수 있었다. 지붕이 날아가고 말과 사람들 (인민군)들이 죽어 있고 철모도 뒹굴고 썩어가는 냄새도 올라오고 있었다.

피난민이 많은 가운데 우리 식구들도 헤어졌다가 다시 찾아서 안심을 했다. 마침내 집에 오니 그래도 우리 집은 폭격을 피해 그대로 남아 있었다. 모를 심어 놓고 간 논은 누렇게 익어 있었고, 인민군들이 우리 땅을 네 땅 내 땅 갈라놓기도 했다. 두세 달 동안 학교를 가지 못했는데 나는 초등학교 4학년에 들어가 공부하기 시작했다.

우리 부모님이 성당의 일을 맡아 하셔서 못 먹던 시절에 가루우유를 배급받을 수 있었다. 집에서 그걸 쪄서 먹고 학교에선 우유를 끓여 마시기도 하였다. 조그맣게 생긴 누런 설탕을 배급 받았던 생각도 난다. 그 때 부모님은 부지런하셔서 나는 '조회장님 딸', '조약국집 딸'로 불리었다. 당시 우리는 부잣집 형편으로 살아서 거제도에서 올라오는 제 2국민병들에게 '우리국군 주먹밥'을 만들어 주기도 하였다. 우리 사랑채에 그들의 잠자리가 마련되기도 하였다. 학교는 군인들이 가는 길목에 있었다. 군인가족들이 잠깐 동안 교실에서 공부하다 올라간 적도 있다. 그 때 나는 주판셈을 잘하고 붓글씨를 썼는데 '우리나라 대한민국'이라는 글자를 잘 그렸던 기억이 아련히 남아있다.

— 조명진 「다시 고향으로」 부분

자꾸 욕심이 생겨 옮기는 글이 길어졌다. 육이오를 경험하시고 글까지 쓰신 분들이 고령이어서 묻어놓은 이야기들이 앞으로 영영 잊혀지지 않을까 하는 걱정이 앞섰다. 이 분들의 이야기를 듣고 있다가 나는 『조선 상고사』를 지은 신채호 선생이 하신 이런 구절이 떠올랐다. "역사를 잊은

민족은 재생할 수 없다" 내년이면 6.25가 발발한지 70주년이 된다. 인류 역사에서 가장 큰 인명과 재산 피해를 낳은 전쟁을 치르고도 민족적 비극은 아직 끝나지 않았다. 전쟁을 체험한 분들의 육필 원고가 소중한 것은 이것을 읽으면서 우리의 현실을 객관적으로 직시할 수 있기 때문이다. 마지막으로 한 편의 시를 소개하면서 글을 맺기로 하겠다.

내 고향은 아주 먼 곳에 있다네
지금은 갈 수 없는 곳

생각나는 것은 커다란 디귿자 ('ㄷ')
초가집 툇마루에 앉아 언니들과 소꿉장난 하던 곳

넓은 마당 한 켠엔 돼지 우리집
까막 흑돼지 두 마리가 자라던 곳

쌀뜨물에 쌀겨 풀어
곤부레로 휘휘 저어
어머니가 돼지 밥 준다고 하면

나도 바가지 들고 설치던
황해도 내 고향

피난 나온 지 69년
가고 싶어도 가지 못한다

— 윤옥순 「무도리」 전문

※ 위의 인용한 글들은 모두 대한 노인회 부설 노인대학 수강생들의 작품입니다.

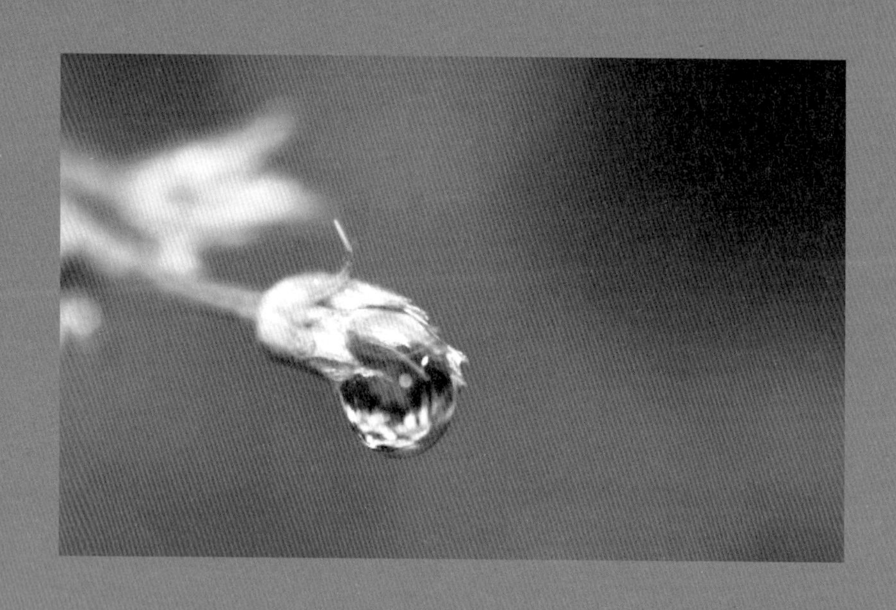

꿈을 읽는 사회

얼마 전 장애인 복지 문화원에서 '전국 장애인 문학 공모전'이 있었다. 다채로운 제재를 가지고 자신들의 삶과 꿈에 대해 자유로운 시상을 펼쳐 나갔다. 일정을 지켜보면서 나는 이런 행사가 몇 년 반짝하고 끝나는 것이 아니라 오래 지속되었으면 하는 바람을 가졌다. 누구라도 좋은 문화를 공유할 수 있도록 여러 층의 관계자들이 배려하는 마음을 놓지 않기를 바란다.

엄마는 독서 치료 강의
들느라고 바쁘시고

할머니는 정육점 뒤
공장에서 포장 일을 하신다

내 동생은
잘하는 게 별로 없지만
음식의 간을 잘 본다

할머니 김치 할 때마다
먼저 집어서 맛을 본다

동생이 맛이 괜찮다고 그러면
할머니가 그대로 김치를 담그신다

— 한지수, 「우리 가족」 전문

위의 시는 도서관 '시창작 교실'에서 초등학교에 다니는 한 어린이가 쓴 글이다. 소탈한 것이 마음에 든다. 장애인 문학 공모전에 참가한 지체 장애자, 맹인, 청각장애우 같은 장애자들의 글에서도 음식의 간 하나 잘 보아 한 집안을 밝게 만든 위 시의 어린 화자 같은 순수 발랄한 면모가 눈에 띄었다.

프리지아 꽃 한 다발을 사서
볕이 잘 드는 곳에 두었다
조금씩 봉오리가 열린다

아주 먼 시간을 헤매다 이 곳에 도착한 꽃
"안녕" 말을 걸어본다
꽃의 여행의 고단한 날숨이 방 안 가득 차고
내 들숨에
노란색 꽃잎 하나

내 몸속에 툭 떨어진다
꽃이 묻히고 온 먼 밖의 바람은 향기롭다

꽃은 활짝 피어올린
꽃잎과 색을 갈무리해 떠날 준비를 한다
"안녕"인사를 한다

꽃은 왔던 길을 다시 일으켜 길을 떠난다
그 뒷모습을 오래 바라본다

꽃의 오고 가는 그 길에
계절이 창가에 걸어둔 풍경소리처럼 흔들리고 있다.

— 이선주(시각장애 3급, 서울),
「꽃에게 인사하기」 전문

문학공모전 명칭이 '장애인 문학 공모전'이지만 작품을 가지고 따졌을 때 굳이 장애인과 비장애인 문학을 가르는 이분법은 성립되지 않는다. 작품 내용이 어둡거나 침체된 분위기가 아닌 어려움 속에서도 생성과 생동의 기운이 느껴지는 작품들이 많았다.

「가을 미식회」를 쓴 이민호 씨의 시에서도 생동감이 느껴진다. 반복되는 그의 일상 속에서 현재에 매몰되지 않는 활달한 삶의 국면을 발견한다. 지체장애 1급이라는 쉽지 않은 그의 생활에도 따뜻한 깊이가 스며있다. 그의 글쓰기에서 손쉬운 위로나 화해보다는 관습적인 일상에서 발견하는 생의 비의秘義가 아름답다.

가을 햇살이
두 뺨을 간지럽히는
통에 부스스 잠에서 깬다

방문을 열자
구수한 멸치 육수 냄새
밀물처럼 밀려 들어온다
그 길을 따라 밀가루 반죽
치대는 소리 따라 들어온다
탕탕탕탕, 탕탕탕탕
채소 썰어내는 소리는 덤이다

배고픔에 이끌려 도착한 주방
어머니가 육수에서 멸치를 끄집어
내시곤 수제비 조각 하나 둘
툭툭 던져 넣으신다
채소는 도마 채 칼로 스윽
한 번에 몰려 들어간다

달그락 달그락
보글 보글 소리를 지나

상 위에 올라온
뽀얀 한 그릇

시원한 국물 한 모금
포실한 감자 한 숟가락

달큰한 수제비 한 조각

—이민호(지체장애 1급, 경북),
「가을 미식회」 전문

응모자들의 현실은 대체로 단조롭고 불편하여 낙관적이지 않다. 그러한 자신에 대해 객관적 거리를 유지하면서 질문을 하거나 대화를 하는 방식으로 생의 발아지점을 계속해서 발견하는 작품은 신선한 느낌을 준다.

인간의 삶은 누구나 단적으로 표현되지 않는다. 장애를 가진 사람들도 이러한 '다변성', '다층성'을 염두에 두고 마음 저변에 나직하게 피어있는 조촐한 삶을 표현한다. 어려움 속에서 열렬히 사랑하는 마음을 잃지 않으려는 노력을 발견한다. 이런 적극적이고 솔직한 마음이 내비치는 작품들은 어떤 경이로움까지 느끼게 한다. 그들의 글을 꽃에 비유한다면 벚꽃이 봉오리를 매달았을 때 이미 화사하게 핀 마음이 스며있고, 활짝 피었을 때는 어두운 낙화의 그림자가 배여 있다. 하지만 꽃이 떨어질 때는 새로운 새싹의 기운을 느낄 수 있다.

최민희 씨는 파마를 하는 과정을 매직으로 뇌성마비인 자신의 몸을 반듯하게 펴는 상상으로 시를 재미있게 구성한다. "제 멋대로 꼬불꼬불한 손가락을 다듬고/정신차려 몸도 반듯하게 얼굴 표정도/예쁘게 하는 연습을 한다"는 표현은 작위적이지 않고 새롭다. 뻔한 상상이나 시적 단조로움이 아닌 생생한 생의 감각이 느껴진다.

거울 안에 내 모습을 본다

제 멋대로 꼬불꼬불한 손가락을 다듬고
정신 차려 몸도 반듯하게 얼굴 표정도
예쁘게 하는 연습을 한다

동글동글 내 다리를 말다
잘 들어가지 않는 시선들도 뾰족한 빗으로 넣는다

거짓말처럼 매직으로 뇌성마비 몸을 편다

기다린다
거울 안의 내가 자유 갖기를

— 최민희, 「파마를 하며」 전문

조국형의 「나는 봄 총각」 역시 아픈 몸이지만 자신과 세계를 노래처럼 햇살처럼 은유한다.

손가락 끝에 봄이 묻는다
경칩이 지나자
여기저기서 기지개를 켠다
산수유가 손톱보다 작은 노란 손가락을 꼼지락거리며
아는 척 한다 햇살이 봄을 더욱 부풀린다
뾰족히 얼굴 내민 잎들이
연초록 옷을 입고 살랑거린다
길 따라 정을 만들어 간다
초록 띠를 따라 나도 정을 나눈다

내 마음도 뾰족뾰족 부풀어 오른다
성급한 콧망울이 킁킁 거린다
봄 처녀 찾아 네 바퀴 싱글싱글 굴러간다

— 조국형(지체장애 1급, 경기),
「나는 봄 총각」 전문

가락국 건국 신화에 나오는 주술적 무요인 "두껍아 두껍아 헌집 줄게 새집 다오"는 후대에 이르기까지 아이들이 모래집을 만들면서 부르던 노래이다. 김성녀 씨는 「거울아 거울아」에서 리듬을 타며 "청초하고 또랑또랑한"한 목소리로 이 옛날 가요를 패러디하고 있다.

거울아 거울아
싱싱하고 때깔 좋은 내 간 줄게
청초하고 또랑또랑한 내 눈 돌려주렴
나 다시 한 번
연둣빛 연보라 풍노초
주황빛 나리
흠뻑 보고 싶구나

거울아 거울아
쉬이 지치지 않는 내 다리 줄 테니
검은 고양이 네로 같은 눈동자 한번 다오
저 하늘에 초승달과
단 한 개의 별이라도
새벽 올 때까지 오랫동안 보고 싶구나

거울아 거울아
청산에 살으리랏다를 뽀대나게
잘도 부르는 내 목소리 줄 테니
정직하고 성실한 내 눈을 돌려다오
한 번쯤은 사랑하는 내 서방 그 눈을
한 번쯤은 봐야 하지 않겠니

아무리 눈 마구 비비고
눈꺼풀 추켜세워도
보이지 않는 이 세상
언제까지 가야 하나
그래도 나는

거울아 거울아
별스런 재료 없어도
뚝딱하며 맛깔나게 한 상 차려오는 내 손 줄게
사랑 가득하고 오지랖 넓은 내 두 눈 돌려다오
안개 속에 서성이는 이에게 반짝이는 거울 되고 싶구나

— 김성녀(시각장애 1급, 경기),
「거울아, 거울아」 전문

위의 시속의 화자가 실제로 '간'과 '다리'와 '목소리'와 '손'을 주겠다는 것은 물론 아니다. 그만큼 청초한 마음으로 근면하고 밝게 살아가는 자신이니 보이지 않는 눈을 제발 되돌려 달라는 희구의 마음을 표현한 것이다. "두껍아 두껍아 헌집 줄게 새집 다오"라고 부르는 어린 아이들처럼 순수한 마음이 엿보인다. 이쯤 되면 화자의 소원을 하느님이 어떤 방식으로

든 들어줄 것만 같다.

나는 이 분들이 앞으로도 중단하지 말고 글을 쓰셨으면 좋겠다. 지면 위에 풀어놓는 것들은 지금까지 갇힌 몸과 생각 안에서 자신을 찌르던 상처이거나 불발된 꿈들일 것이다. 출구가 없는 몸 안에서 상처를 내는 것들은 지면에서는 모두 훌륭한 재료가 된다. 그렇기에 사연 많고 과거 있는 사람들이 글을 쓰기 시작하면 주저 없이 일필휘지로 써 내려 간다.

글쓰기는 문학치료도 되면서 자기 성찰의 기회를 가질 수 있어 일석이조의 유익함을 준다. 하여 매년 더 많은 참가자들이 필력을 다투면서 전국장애인 문학공모전이 뜨겁게 달궈지는 것이리라.

인력거 꾼

"삶이 삶다운 것은 이 삶을 삶답게 하지 못하는 것들의 무게를 의식할 때이다." 라는 경구가 떠오르게 하는 책! '인력거 꾼'에 나오는 아찡의 삶은 인간 삶의 상승도, 하강도, 몰락도 전진도 없이 새로운 현실의 가능성이 전혀 보이지 않고 마치 근원이 없는 세계에 잠시 비춰졌다 사라지는 흔적 같았다.

한계의 연속선상에서 주인공은, 이 생애의 불연속성에 대해 그리고 별다른 자취를 남기지 못하고 사라지는 뭇생명에 대해 떠올려 보게 한다. 전체적 움직임 속에서 끊임없이 움직여도 그 세계와는 동 떨어진 미미한 타자로서 살 수밖에 없는, 존재의 벽 앞에서 생명의 연쇄는 보이지 않는다.

누더기와 짚을 깔아놓은 잠자리에서 찌그러진 문을 열고 나와 쪼빙(떡)으로 요기를 하고 일을 하러 가는 시간과 풍경은 누추하다. 끊임없이 반복되는 고단함과 지지부진한 삶에서, 살아있음에 대한 사랑이나 긍지 같은 것은 찾아볼 수 없다. 이리 밀쳐지고 저리 쏟아지는 하루살이 같은 소란스러움과 시장바닥의 고함소리 같은 것들이 섞여 피폐한 현실만이 보일 뿐이다.

남경에서 온 막차 손님을 태운 뒤 일원이라는 노임을 받아내고 바로 미국 해군을 만나 팔레스 호텔까지 가서 이십 전짜리 은전 한 푼과 동정 열두 푼을 받아내는 일. 이것이 그나마 아찡 삶의 미미한 움직임이라 할 것이다. 그러해도 이것을 두고 우리는 '존재의 생성'이나 '인간의 형상'을 기대하거나 상상할 수 없다. 이 책에서 인력거꾼은 '전망'이나 '꿈' 같은 그림을 보여주지 못한다. 가령 니체의 ≪짜라투스투라는 이렇게 말했다≫에서 나오는 '밧줄 타는 사람'도 되지 못한다. 밧줄 타는 사람은 적어도 자신의 변화와 변신을 추구하여 모험을 시도하지 않는가? 비록 구체적인 전망은 가지지 못하지만 그는 모험을 향해 한 발짝 발을 떼기라도 한 인물 아닌가.

매일의 달음질이 자기도 모르게 억압된 상태로 사회의 역동성 속에 얽혀 들어간다면 무슨 의미와 기쁨이 있을까? "몸과 몸이 행동을 통해 서로 관계하면서 세계를 만들어가는 것"이 아닐 때 미물의 삶과 무엇이 다를까? 인력거꾼은 "인력거를 끌기 시작한지 3년 만에는 모두 죽는다."는 순사부장의 말에서 확인되듯 아찡은 세계와 절대적으로 격리된 타자의 삶을 살다 죽어갔다.

그의 죽음에서 필자는 하루살이 삶과 같은 불연속성과 익명성을 읽게 된다. "살아있다는 증거가 하나도 남아 있지" 않은, 우리가 알지 못하는 숱한 삶이 있고 죽음이 있다는 사실을 알게 되는 것이다.

f1 주룩주룩 비가 새고 있었어요
f2 우물우물 다 식은 먹이를 뜯어 먹고 있었어요
f3 킁킁 냄새만 맡다가 기린처럼 서서 잠을 잤어요

가만히 똬리를 틀고 있다가 그림자 벗을 수는 없을까 무조건 굶어 보다가 허물을 벗을 수는 없을까

f4 살금살금 다가섰고
f5 초롱초올 빛나기도 했지만

난폭하게 낚아채는 그림자 순진한 초식동물과 잠복한 악어 양면을 가진 시간의 모서리에 찔리기도 했어요

f6 아프게 후루룩
f7 무심히 폴딱폴딱
f8 시끄럽게 윙윙윙

많은 개구리가 지나가고 많은 별들이 지나간 얼굴은 쉽게 잡히지 않았어요 술술술 바람으로 빠져나가고 줄줄줄 빗소리로 새어나가고

f9 붉은 물고기였다가
f10 짙푸른 종다리였다가
f11 오렌지 바나나 백합이었던 건 잠시

밟으면 쨍! 여러개의 등고선으로 퍼져 나갔어요 지층마다 검은 줄무늬 옷을 갖게 되었어요

— 정민나, 〈시베리아 암컷 호랑이—시간 혹은 함수 구하기〉

*f—함수(function)

울타리 안에 갇혀 있는 호랑이를 자세히 들여다보노라면 호랑이의 사소한 생태적 특징 속에 지루한 일상이 엿보인다. 비를 맞는 호랑이, 기다림의 시간을 견디는 호랑이는 그 옛날 야생의 숲에서 자유로웠던 호랑이의 모습을 보여주진 않는다. 마치 '인력거꾼'에 나오는 아찡의 삶처럼. 반복되는 일 속에서 사막을 걷는 표정없는 낙타처럼.

이 세계의 모든 사람은 저마다 자기만의 형태와 개성을 가진 고유한 존재다. 마치 밟으면 쨍! 퍼져 나가는 등고선처럼 붉은 물고기였다가 질푸른 종다리였다가, 오렌지, 바나나, 백합… 수많은 감각의 이면에는 하나의 영역에서 다른 영역으로 이동하는 시 공간과 생명이 존재한다.

호랑이의 검은 줄무늬 옷을 환기하는 '등고선'은 이 시의 마지막 행에 나온다. 계량적인 분석이 가능하여 지형을 보다 과학적으로 계측 분석할 수 있는 연결선이 등고선이다. 순진한 초식 동물과 잠복한 악어 사이에서 분열하던 호랑이는 등고선과 같은 줄무늬 옷을 갖게 되면서 호랑이의 온전한 정체성을 드러낸다. 하지만 야생의 호랑이가 살아갈 환경은 점점 더 열악해지기만 한다.

자신이 왜 그렇게 살아가야 하는지 스스로의 정체성에 대해 한 번도 고

민해 보지 못한 채 쓸쓸이 죽어가는 아쩡을 보면서 그것이 1920년대의 삶이든 지금, 21세기를 살아가는 우리의 삶이든 또 그곳이 중국 상하이든 이곳 항구도시 인천이든 우리가 구원해야 할 진리란 무엇인가? 잠시 사유의 샘이 고인다. 그것은 동일자와 보편자 보다는 타자와 개별자에 속하는 민중에 관한 것이 아닐까? 라는 생각을 가져본다.

3부

늑대는 이미 한 마리 양을 물고 있다. 아버지가 알면 큰일이다. 자르갈은 아무 생각없이 돌진한다. 늑대는 미동도 없다. 달려가던 자르갈은 멈칫 늑대를 바라본다. 늑대도 자르갈을 쳐다본다. 늑대가 먼저 사람을 쳐다보면 늑대가 겁을 먹는다. 사람이 먼저 늑대를 바라보면 사람이 겁을 먹는다. 늑대와 자르갈은 거의 동시에 눈이 마주쳤다. 늑대와 자르갈은 눈이 서로 닮았다. 100미터 50미터 30미터……

버건디시,
생명의 땅을 거닐다

바질리카 성당 안에는 아주머니가 망치로 무언가를 고치고 있다. 우리는 지폐 한 장을 성당 촛대 옆 모금함에 넣는다. 그것을 보고 그녀는 얼른 일어나 우리에게 다가온다. 이라크전쟁 때 폭탄이 떨어져 몸을 다쳤다는 그녀는 손짓과 표정을 섞어 중동언어로 무엇인가 말한다. 정확히 알아듣지 못하지만 우리는 가난한 그녀가 조금의 돈을 바란다는 것은 쉽게 알 수 있다.

창세기 11장 1절 말씀에 온 땅의 언어가 하나요 말이 하나였더라 라인 강물에서 발원하여 흘러가는 햇빛과 오리와 어린아이가 하나요 중국인과 인도인과 서양인이 나란히, 흰 이를 드러내는 미소가 하나였더라…….

성경 말씀에 발동하여 모처럼 비행기를 탄다. 흐르는 구름에 가만히 몸을 얹어 놓기만 해도 두둥실 꽃피는 마을까지 떠내려간다.

새로 돋는 풀잎처럼 루트한자 비행기, 새들의 날개처럼 그림자가 흰 구름에 비친다 둥글게 여름 창가를 일으키면서 풍경을 완성하는 휴일

S자로 구부러지는 도로 끝 오전 시장이 섰던 자리 말끔히 치워지고 스프링클러의 스위치가 돌아간다 묘하게 아름다운 날씨 길이 갈라져 있어도

목적지에 당도하면 아직 다 구르지 못한 심장 노랑나비 한 쌍 날아 오른다 한 번도 와 본 적 없는 문 앞에서 그녀가 쥔 티켓은 촉촉하다

—정민나, 「흰 구름은 이동 중」 전문

사람을 죽이는 전쟁 이야기야 붉은 수련 잎처럼 몇 천 번을 이으며 이 지상에 다시 태어나는데 성당에서 얼마 떨어지지 않은 곳에 연꽃이 핀 루이 파스퇴르(Louis Pasteur)의 집이 나온다. 미생물이 질병의 원인임을 밝혀낸 학자의 집 안에는 당시에 사용하던 약품이나 솜, 수많은 실험을 했던 기구들이 오래 된 시간의 형상과 함께 자리하고 있다. 그곳엔 『포도주의 발효』를 출간하여 미생물학의 아버지가 된 그가 사람들을 살리기 위해 노력을 많이 한 흔적이 남아 있다.

파스퇴르의 집 앞 호수에서 조금 더 내려가면 땅 밑에 감춰진 또 하나의 작은 호수가 모습을 드러낸다. 그 못엔 신비로운 정기가 서려있어 왠지 마음이 숙연해 진다. 예나 지금이나 빨래도 할 수 없고 발을 담가서도 안 되는 물이 사람들의 생명수로 관리되고 있다. 전쟁이 있고 병사들이 피를

흘리며 돌아오면 안에서 솟아나는 샘으로 깨끗이 씻어 주었다. 타는 듯한 그들의 목마름도 해소해 주었다. 이들은 지혜롭게도 밖이 혼탁할 때 안에다 맑은 물을 준비하였다.

세상이 어두울 때마다 밝은 연꽃을 피워 올리던 사람들의 마을로 지금은 엄마 오리가 여러 마리, 아기 오리를 앞세우고 돌아오고 있다. 생과 사를 가르던 계단에 오래된 이끼가 피어있고 지하에서 뽀글거리며 올라오는 신선수와 햇살을 만나러 여행객은 자꾸만 머리를 숙이고 안으로 들어간다. 비밀의 계단은 삐걱거리지만 오래된 성수를 고이 간직하는 사람들. 그 곳에서 나도 마음에 깊은 물을 길어올리고 건조한 몸을 축인다. 그러는 동안 '우리도 저런 배려가 있다면…' 하는 바람이 새싹처럼 고개를 내민다.

물가를 나오면 버건디시 골목에서 불어오는 바람을 만난다. 이 바람은 마을에서 생산되는 와인을 숙성시키기 딱 좋은 온도를 가졌다 이 고장 기후는 유네스코에 등재되었다. 와인숙성 장소가 개인적으로 지하에 있는데 몇 곳은 사람들에게 공개되고 있다. 중세의 보도블럭을 밟으며 나는 발효되는 시간을 흠향한다.

이 버건디시에는 1443년에 세워진 병원이 있는데 그 때부터 이곳에서는 가난하고 불쌍한 사람들을 치료해 주었다. "저것이 다 침상인가요?"

600여년의 시간을 헤아리며 아득히 서 있는데 환상 속 중세의 성곽에서는 백마 한 마리 다가와 아픈 사람들의 방문 앞에 석탄을 쏟아 붓는다. 마차 위 석탄가루가 주르르 마음의 아궁이로 흘러드는 시간. 얼마나 오랫동안 이 따스한 연통은 계속 이어졌을까

루이 14세는 남녀가 같은 룸을 사용하는 것을 보고 놀라 이후 남녀 따로 사용하도록 마음을 써 주었다. 이 병원의 유지비는 버건디시 고장의 와인 농장에서 나오는 수입으로 충당되었다. 그 때 사용한 환자들의 식기와 벽난로가 오래된 문양과 함께 남아있다. 나는 두레박을 드리우고 그 깊이까지 내려가 새로운 시간을 길어 올린다.

프랑스 청년 니콜라스는 와인동굴에서 시식할 때 쓰라고 준 접시 모양 컵으로 새집을 만들어 빵부스러기를 놓아준다. 아침이면 새들이 날아오는 창가에 토마토와 호박 · 고추가 자라고 있다. 실내에 탐스런 호박이 열리는 이 신선한 도시. 연일 뉴스가 되던 폭염의 시간들이 이제 둥글게 돌아나간다. 그러면 다시 바젤 공항에서 뮌헨을 향하는 루프트한자 비행기는 자유롭게 펼쳐진다. 반듯한 농경지가 끝도 없이 펼쳐지는 지상에는 현재라는 시간이 푸르게 자라고 그 밑으로 중세의 시간이 또 검푸르게 흐르고 있어 그 사이사이 물고기를 낚아 올리듯 실한 마음들을 챙겨 강물처럼 돌아온다.

호수에 비친 앙코르왓

‘마션’이라는 리들리 스콧 감독이 연출한 붉은 화성탐사 영화를 보다가 훌쩍 캄보디아 여행을 다녀오게 되었다. 상상과 모험의 세계가 일상처럼 펼쳐지는 21세기에 천 년 전 고대의 유물을 보러 떠난 이번 여행은 외계의 이야기만큼 가상과 현실, 과거와 현재의 경계를 모호하게 하였다.

802~1431년까지 크메르 제국의 역사는 강대했다. 하지만 이 나라는 열대 몬순 기후로 건기乾期인 12월~5월까지는 강수량이 전혀 없다. 6월~11월 까지 우기雨期인데 이 때 비는 퍼붓듯이 온다. 30분에서 1시간에 걸쳐 50—100미리까지 서너 차례 쏟아진다. 국민들은 우기시에는 농사를 지어 잘 먹고 살았지만 건기 시에는 굶주렸다.

1200년 제국은 인공 저수지를 만들어 백성이 잘 사는 방법을 고안했다.

지혜로운 왕은 저지대에 뚝방을 쌓아 우기시 물을 모아놓고 건기시 지어놓은 관계 수로를 통해 빗물을 흘려보냈다. 동서 8Km 남북 1.2Km에 이르는 인공 저수지 서 바라이를 바라보며 나는 순박한 국민들을 위해 언제든지 농사를 지을 수 있도록 배려한 남국의 자애로운 왕을 떠올린다.

> 그림처럼 나무를 심어놓고 나무처럼 사원을 지어놓고 수북한 밀림으로 들어간 지 수백 년 인간의 그림자는 근접하지 못했다 풍경처럼 제 모습을 열어 보이는 지구의 선조는 나무였다고
>
> 이제야 입을 여는 앙코르왓, 가상과 현실의 경계가 모호해질 때마다 글자로 쓰지 않고 그림처럼 말을 한다 출렁출렁 물 건너 신의 마을 놓여진 다리는 쿠션이 부드러워 왕이 이 집을 지었을 때 신들은 실제로 이곳에 와 거주했을까
>
> 충분히 자란 나무가 치렁치렁 세계의 바깥으로 가지를 뻗을 때 그 속에서 기뻐하던 신의 마음 지금은 가지런히 신발을 벗어두고 다 어디로 갔나… 키 큰 나무 몇 그루 폴폴 먼지 나는 황톳길을 걸어간다
>
> — 정민나, 「앙코르왓」 부분

크메르 제국 때 만든 저수지에서 이어지는 물이 앙코르왓과 사람의 마을 경계에 호수로 찰랑인다. 호수 건너 울창한 밀림 속에 묻혀있는 앙코르왓을 사람들은 수백 년 잊고 살았다. 400(1441~1860년)년간 밀림에 버려진 앙코르와트를 프랑스 앙리 무어라는 동식물학자가 탐험하다가 1860년에 발견하였다.

사람들이 앙코르와트에 대한 정보를 알아낸 것은 유적지내 돌 비문에

새겨진 산스크리스터어의 탁본을 통해서이다. 이 사원은 1113~1150년까지 37년 간 수리아바르만2세 왕이 만들었다. 수리아 바르만 2세는 여덟살 때 숙부를 죽이고 왕이 되었다. 왕이 되자 그 때부터 앙코르와트 사원을 만들기 시작하였다. 왕은 힌두교 신자였다. 힌두교는 다신교로 나무신, 불신, 물신 등 3억 3천만 신들을 모신다.

재미있는 신화와 종교이야기가 역사로 이어지면서 주변을 둘러보니 환하게 피어있는 꽃나무들이 살짝 어두운 표정으로 묻는다. 1181년 크메르 제국은 전 세계에서 전성기를 누렸지만 이후 바뀐 왕들이 나태해졌다. 서쪽 라오스 동쪽 태국, 동남쪽 베트남에 둘러싸인 캄보디아는 결국 태국의 침략을 받아 삼분의 2에 해당하는 크메르 제국 사람들이 남쪽으로 도망을 갔다. 남아있는 삼분의 1에 해당하는 사람들은 태국인들에 의해 전멸 당하였다.

앙리 무어가 사원을 발견한 후 1863년부터 프랑스인들이 들어오면서 1890년까지 캄보디아는 프랑스 통치를 받게 되었다. 1905년 프랑스에 의해 모든 사원을 발견하게 되었지만 이후 250개 사원 중 60%를 일본사람이 복원하였고, 40%를 선진국 기수들이 복원하게 되었다. 현재 앙코르와트를 보기 위해 전 세계에서 몰려드는 수많은 관광객들에게 나오는 사용료는 유적지 복원에 참여한 일본이 3분의 1을 자국으로 가져가고 3분의 1은 전쟁에서 이긴 베트남 몫이다. 경제적으로 낙후한 캄보디아가 관람료의 3분의 1만을 차지하는 것은 이 나라를 여행하는 사람들에게 안타까운 심정을 들게 한다.

먼지를 털어내면 보물은 빛난다 후대의 사람들 찢어지지 않는 물결 속에서 천년을 자라는 나무를 발견한다 그것을 들고 세계의 끝까지 걸어간다 걸어갈수록 시간에 새겨진 문양에서 돌궁의 비밀이 새어나오니

반할만 하지 앙코르왓, 호수에 비친 자신의 얼굴을 들여다보며 오래도록 집을 떠난 그가 사원의 깊은 돌 속에서 도마뱀 원숭이 사자…… 신의 형상을 들고 걸어 나온다

수련은 붉게 피어나고 정치를 모르고 역사를 모르고 민족, 종교, 거대담론으로 불어오는 바람을 모르는 민초들 외따로 떨어져 호수의 저녁을 오간다

신과 인간의 마을, 멀리서 볼 때는 하나의 라인이었는데 가까이 와 보니 허물어지는 돌들이 어지럽다 안과 밖 온도차가 있는 노을이지만 범접할 수 없는 왕의 마음도 이제는 낮은 호수로 내려와 연한 잎으로 흔들린다

— 정민나, 「앙코르왓 2」 부분

2019년 올 1월에 캄보디아에 봉사하러 온 한국 대학생 두 명이 길거리 음식을 먹고 사망하는 사고가 있었다. 위생시설이나 의료시설이 그만큼 낙후하였지만 70~80년 전에는 우리보다 훨씬 더 잘 산 나라였다. 6.25 때는 우리나라에 파병도 해 주었고 경제가 어려울 땐 '안남미'를 지원해 주기도 했다. 지금은 사정이 바뀌어 한국 사람들이 개인적으로 봉사를 하러 오기도 하고 우물을 파주는 등 다양한 후원을 하기도 한다.

옛날 번창했던 캄보디아 문화가 비록 낡아가는 모습을 내보이고 있지만 고고한 유적들과 함께 지금도 자연의 생물들이 나란히 숨 쉬는 모습을 우리가 직접 볼 수 있다는 것은 그나마 다행한 일이다. 버스를 타고 출렁이는 다리를 건너 시간의 반대 방향으로 걸어가 우거진 밀림을 열고 나온 정교한 사원을 만난다는 것 역시 기쁜 일이다. 언뜻 외계에서 불어오는 바람소리 같고 무거운 책상과 의자들이 무중력으로 떠오르는 흰 구름 같아 이 오래된 장소에서 여행자들의 표정은 가벼워진다.

몽골

— 고속도로에서 양떼가 걸어가는 모습을 보았다.

창밖으로 양떼가 풀을 뜯거나 양 두 마리… 양 한 마리… 텅 빈 허공이 번갈아 달린다 입이 건조질 무렵 말 떼가 다시 우르르 나타나 네 마리 세 마리 흰 구름을 입에 물고 지나간다

문을 열면 수천마리 푸른 중력 얇은 유리의 두께로 스쳐간다 3차원의 버스가 4차원의 초원을 달리는 도로… 창문을 열면 달리는 속도로 양 한 마리 들어오고 양 두 마리 들어오고 계속해서 양떼가 들어온다

차 안이 가득 차면 초원은 텅 빈 채 수만 마리 황무지로 달려간다. 사막에서 자라는 풀포기는 머리카락이 엉클어지도록 허공을 움켜쥔다 풀포기를 재빨리 클릭하는 유목민 구름

그 위에 빗방울을 뿌린다 어디서든 링크되는 길이 있다. 언제 나타났는지 들개가 그 길을 걸어간다 반나절…… 가도가도 집은 멀다 몇 고개 너머 말떼를 풀어놓는 바람 목덜미 솜털이 부드럽다

멀리까지 불어오는 꽃나무 향기 오래 달려온 자동차가 문을 열고 나온다 양과 말들의 초지에 발을 딛는다 둥근 잔등… 부드러운 털… 오후의 긴 꼬리가 너른 들판을 쓰다듬는다

돌과 나무와 바람으로 자연의 옷을 지어입고 전봇대 옆에서 자동차는 무성하게 풀이 자란다. 휘발유 냄새를 휘발시키며 초원의 구조로 완성된다 초원을 꿈꾸는 버스와 버스를 꿈꾸는 초원이 붐빈다

— 정민나,「로드 클래식3 — 초원의 꿈」 전문

유목 민족의 역사

역사 기록에서 보면 황허 유역의 한족들이 사는 북쪽에 오랑캐 유목민이 살았다. '호'라고 불리우는 훈누(흉노) 종족이 그들 한족을 자주 침략하였다. 중국의 시황제(221년 진나라 왕)는 북방의 유목 민족을 막기 위해 지금의 만리장성을 쌓았다. 흉노의 근원인 몽골족을 이루는 유목민족의 역사는 흉노족 — 선비족 — 탁발부(토베족) — 돌궐(투르크족) — 위구르족 — 키르키족 — 거란족 — 몽골 민족으로 이어진다. 이를 나라별로 묶어보면 셀주크, 훈, 투르크 , 거란, 대몽골, 오스만, 금나라 티무르 제국에서 오늘날의 몽골과 카자흐스탄 투르크멘스탄, 아제르바이젠이라는 나라로 이어진다. 대흥안령 산맥에서 아라비아 사막까지 몇 천 년에 걸쳐 몽골지역을 지배해온 유목민들은 국가 부족 씨족이 세대를 이어 오며 유목 문화의 유산을 남겼다.

냉전 시대인 1960년대 이후 몽골은 소련에서 차관을 도입하기 시작했다. 1972년~1990년까지 100억 루불을 들여와 몽골의 경제와 사회발전을

촉진하기 위해 현대식 건물과 도시를 세웠다. 1990년 공산주의 국가들이 붕괴하면서 몽골 역시 1989년 12월 민주화 운동이 시작되었다. 1990년 3월 인민혁명당의 정치상임 위원이 사퇴하고 같은 해 6월 몽골의 첫 자유 총선이 실시되어 자유 민주와 개방 사회로 전환하였다. 민주화 개방화가 되었지만 몽골의 경제는 2000년도까지 부진을 면치 못하였다. 2002년 당선된 러시아 푸틴 대통령은 2003년 98% 되는 몽골국의 빚을 삭감해 주게 된다. 큰 빚에서 벗어난 몽골은 현재 금, 석탄, 구리 등 광산 사업을 위주로 세계에서 외국 투자를 받는 등 경제 발전에 매진하고 있다.

유목민 바트 자르갈

이번 여행에서 가이드 일을 하는 바트 자르갈은 몽골 대학에서 한국어를 배웠고 한국식 요리를 좋아해서 한국 식당을 자주 찾는다. 그는 유목민의 후예이고 실제로 어렸을 때 가족이 목축을 하며 유목 생활을 하였다. 그를 통해 전해들은 그의 유년 이야기는 최근까지 변하지 않은 유목민 사회의 일면이면서 우리가 동화 속에서나 만날 수 있는 몽골의 전통문화가 많이 담겨있다.

자르갈은 20년 전 초등학교 시절까지 말을 타고 양을 지키는 유목민의 후예였다. 그는 초등학교 때부터 집에서 나와 학교 기숙사 생활을 했다. 여기저기 돌아다니는 유목민의 아이들은 한 계절 선생님에게 맡겨진다. 방학이 되어 부모가 아이들을 찾으러 오는데 오지 않는 부모를 기다리는 아이들은 선생님이 집에 데려다 준다. 어떤 아이들은 부모님이 찾으러 올 때까지 학교에 남게 된다. 자주 이사를 하는 유목민들이라 선생님은 소문을 듣고 아이들 집을 찾아 나선다.

90년대 독립 전후 5년간의 몽골족은 혹독한 가난을 겪었다. 지금은 급식이 후하게 나오지만 그 때는 어린 아이들에게 너무 적은 밥을 주었다. 자르갈은 물 뜨러 간다고 강으로 나왔다가 도망을 쳤다. 집으로 돌아왔는데 가족은 여름 집으로 이사 간 후였다. 초등학생인 자르갈은 밤낮을 걸어 소문 끝에 가족 품에 안겼다

몽골은 6, 7, 8, 9월까지 방학이다. 명절이 낀 1월 중에 한 번 더 방학이 있다. 가족이 어디로 이사간지 모르는 아이들은 가족 중 누군가 찾으러 오지 않으면 기숙사에 남겨진 채 하염없이 가족들을 기다려야 한다.

자르갈은 운 좋게 집에 당도했지만 그렇지 않은 급우들도 있었으니 자르갈이 다니는 학교의 형제들이 그들이다. 형제가 집에 왔을 때 유목민 가족은 다른 데로 이사갔다. 날이 어두어지자 밤에는 늑대가 올지 모르니 나무 위로 올라가자고 형이 말했다. 동생은 집이 안전하다고 집안에 남았다. 밤에 늑대가 문을 열고 들어와 자고 있는 동생을 잡아 먹었다. 정말 동화같은 이야기다.

열다섯 살 무렵 자르갈은 20km 떨어진 곳의 여자 친구 집에 놀러갔다가 돌아오던 중 날이 저물었다. 유목민 아들 자르갈이 탄 말이 갑자기 움찔 놀라 불안하게 뛰기 시작했다. 뭔가 휙휙 지나갔다. 돌아보면 아무것도 보이지 않았다 기분이 섬뜩해진 자르갈은 이번엔 고개를 돌리지 않았다. 눈동자만 주위를 살폈다. 여러 개의 빛나는 눈동자가 조금씩 주위를 좁혀왔다.

전기가 없는 초원에서 흔한 것은 성냥이었다. 인간에게 빛을 주기도 하고 생명을 지켜주는 성냥을 자르갈은 평소 지니고 다녔다. 불을 붙인 성냥개비를 던지며 자르갈은 말을 달리기 시작했다. 그제서야 모습을 드러낸 늑대들도 뛰기 시작했다. 날아가는 불빛 따라 넓어졌다 좁혀지는 생사의 문을 넘나들면서 자르갈이 가까스로 집 앞까지 달려왔을 때 아버지가 문을 열고 나왔다.

하루는 자르갈이 뱀에 물렸다. 유리에 베는 듯 소름이 돋았다. 할머니가 빨간 실로 물린 주변을 묶어준 뒤 앞강으로 뛰어가라고 했다. 흐르는 물에 손을 담가 밖으로 나온 피를 흘려보냈다. 저녁 무렵 팔이 붇기 시작했다. 물린 팔은 금방이라도 폭발할 듯 부풀어 올랐다. 자르갈은 자기가 곧 죽을 거라고 엉엉 울었다.

형이 뛰어나가 산을 오르기 시작했다. 열 가지 약초을 뜯어왔다. 그 중에 '서벌겐'과 '템드니 올랄'이라는 약초를 짓이겨 물린 상처에 발랐다. 새

빨갛고 샛노란 색을 띤 그것을 팔에 칭칭 감았다. 30분 지나니 어깨부터 시퍼런 독기가 가라앉는 듯 했다. 시간이 좀 더 지나자 물리 자리에 물집처럼 독소가 부풀어 올랐다. 염소를 잡아 그 뼈로 마지막 독기를 터뜨렸다. 독물이 다 빠져 나오고 팔은 정상으로 돌아왔다.

살아난 자르갈이 양을 치러 들로 나갔다. 마을 축제가 있어 가족들이 말 경기에 나간 사이 홀로 남은 소년은 흰 구름처럼 말갛다. 양떼는 푸르고 소년은 양과 함께 평화로웠다. 하지만 공기가 어수선해지고 어느 순간 얌전한 양들이 뛰기 시작했다. "늑대가 나타났다!" 하지만 소리는 멀리 가지 않았다.

늑대는 이미 한 마리 양을 물고 있다. 아버지가 알면 큰일이다. 자르갈은 아무 생각없이 돌진한다. 늑대는 미동도 없다. 달려가던 자르갈은 멈칫 늑대를 바라본다. 늑대도 자르갈을 쳐다본다. 늑대가 먼저 사람을 쳐다보면 늑대가 겁을 먹는다. 사람이 먼저 늑대를 바라보면 사람이 겁을 먹는다. 늑대와 자르갈은 거의 동시에 눈이 마주쳤다. 늑대와 자르갈은 눈이 서로 닮았다. 100미터 50미터 30미터……

다가서는 자르갈은 주먹을 꽉 진다. 내밀하지만 치열한 공간이 늑대와 자르갈 사이에 존재한다. 자르갈의 몸집은 왜소하다. 한 걸은 딛을 때마다 더 작아진다. 마침 지나가는 오토바이 소리가 우연히 그 공간 안으로 들어온다. 늑대가 천천히 일어선다. 물고 있던 양을 내려놓는다. 뒤를 돌아보며 천천히 멀어진다.

6개월 후 그 양은 죽었다. 피 한 방울 흘리지 않았는데 내상이 깊었나 보다. 아니 너무 놀라 혼이 나갔나 보다. 가족들은 그날의 일을 모른다. 늑대가 양을 물었다는 사실을 알면 책임을 다 하지 못했다는 질책을 받았을 자르갈.

자르갈의 하루는 대체로 무사하다. 자르갈은 평화로운 공동묘지를 지나간다. 사람이 죽으면 풍장이나 조장을 하기도 하는 몽골은 우리나라 보다 대략 15배 정도 땅이 넓다. 말이 가끔 그 넓은 땅에서 자신의 진영을 넘어갈 때가 있다. 경계를 넘어간 말을 주인은 알지 못한다. 사방 어디에서 찾을지 몰라 애를 태운다. 다른 마을에 어슬렁거리는 말이 있을 때 사람들은 어느 동네 누구의 말인지 알고 그 낯선 말을 주인에게 데려다준다. 그와 거리가 정반대인 이야기도 있다.

몽골에서는 독수리를 훈련시킨다. 어렵게 훈련시켰기에 임무를 띤 독수리 발목에 시치미를 붙인다. 아무개가 훈련시킨 독수리라는 엄연한 정보가 들어있지만 어떤 염치없는 사람들은 훈련시킨 독수리발목에 매단 시치미를 뗀다. 그리고 자기 시치미를 붙인다.

몽골에서는 죄를 많이 지은 사람을 풍장하면 시체가 두고두고 없어지지 않는다고 한다. 그래서일까 죽은 사람을 바위에 세워놓고 돌아 오면서 그들은 누구도 뒤를 보지 않는다. 자르갈은 양을 지키다 무리 속에서 불쑥 드러난 시체를 보았다. 풍장 한 지 두어 시간이 지난 시체였다. 그것은 뼈 이외 거의 아무것도 남아 있지 않았다.

솔롱고스의 나라

몽골 사람들은 예로부터 '솔롱고스'라 하여 우리나라를 무지개의 나라로 기억하고 있다. 형제의 나라로 불릴 정도로 한국과 몽골은 정서적으로 특별한 유대 관계를 맺어왔다. 몽골에는 현재 약 3천여 명의 한국인이 거주하고 있다. 1990년 한·몽 수교 이래 양국은 경제·정치·사회·문화에서 개발 협력을 다양하게 증진하고 있다. 2016년 기준 한국에 거주하는 몽골인은 3만 명이 된다. 이는 몽골 전체 인구의 1%에 해당된다. 2015년 이후부터 양국 간 친근감이나 호감도가 부쩍 높아졌는데 상호 방문객 숫자는 연간 15만 명이 된다. 몽골에는 현재 한류가 들어와 한국 드라마나 k팝 같은 한국 문화를 좋아하는 몽골 국민이 늘어간다.

한국인 이태준은 몽골 사회에서 인술을 베풀어 두터운 신뢰를 쌓았던 인물이다. 그는 몽골의 마지막 왕 보그드 칸 8세의 어의가 되어 몽골에 만연해 있던 질병을 퇴치하기도 하였다.1911년 세브란스 의학교를 졸업하고 1914년 울란바타르로 간 이태준은 상하이 임시정부에 독립자금을 운반하고 의혈단 운동을 하는 등 비밀 항일 운동을 하였다. 1919년 몽골 정부로부터 '에르덴 오치르' 훈장을 받기도 하였는데 한국과 몽골 정부는 독립 운동가이며 위대한 의사인 이태준 선생의 삶을 기리기 위해 2001년 이태준 기념 공원을 조성하였다. 몽골 정부가 제공한 2000평의 부지에 대암 이태준 기념공원과 기념관을 세우고 이태준 거리도 만들었다.조촐하지만 아름다운 이 곳에서 한국 여행객들은 반가운 포즈로 사진을 찍기도 한다.

한국인들이 몽골을 좋아한다면 아직 오염되지 않는 자연이 넓게 펼쳐져 있는 풍경과 도시화된 한국에서 볼 수 없는 야생의 식물과 동물들을 마음껏 볼 수 있다는 데 있다. 테르지 국립공원에 핀 솔나리, 절굿대, 딱지꽃, 구름채, 벌개미취, 석잠풀…… 한국의 고원이나 가야 볼 수 있는 야생화를 그대로 옮겨다 놓은 것처럼 어찌 그리 다정한지 드넓은 초원이 아름답기만 하다. 초원이 끝나는 곳에 사막이 시작되고 그 곳에 우리나라 수원 시청 직원들과 대한항공 신입사원들이 심은 나무가 새파랗게 자라고 있는 모습도 반가웠다. 외국에 나와 우리가 심은 나무들이 바람에 상냥하게 흔들리는 모습을 보는 것이 뜻밖의 기쁨이 되었다.

1990년 공산주의 국가들이 붕괴하면서 민주화 운동이 시작된 몽골은 개방화가 되었지만 2000년도까지 경제의 부진을 면치 못했다. 2002년 당선된 러시아 푸틴 대통령이 몽골국의 빚을 삭감해 주었을 때 큰 빚에서 벗어난 몽골은 금, 석탄, 구리 등 광산 사업을 위주로 현재 경제 발전에 매진하고 있다.

그렇다 해도 몽골 초원은 가끔 무섭다. 모래 폭풍이 불어오기도 하고 비가 오지 않아 모든 식물이 타들어가기도 한다. 최근에는 세계 이상 기후 탓으로 홍수가 나서 마을 하나가 삽시간에 사라지기도 했다.

마을도 사람도 이렇게 기류를 잘못 타면 끝없는 미로 속에 갇히는데 가이드 자르갈의 아버지는 친구 집에서 술을 먹고 돌아오다 캄캄한 밤중에 길을 잃었다. 그의 아버지는 말의 고삐를 풀어 놓았다. 이럴 때 말은 알아서 길을 찾는다. 목이 마르면 물가를 찾아가 물을 먹기도 하고 동물들의 배설물, 풀꽃들의 향기를 맡으며 결국 어둠을 뚫고 집으로 돌아온다.

여행하는 동안 몽골이란 나라 역시 말처럼 뚜벅뚜벅 역사의 질곡을 벗어나 집으로 돌아오는 중이 아닐까 하는 생각이 들었다. 밤 11시가 넘었는데 울란바트라 시내에서는 아파트 콘크리트 타설 작업이 한창이다. 오랫동안 버려진 황무지가 파릇파릇 움돋는 느낌이다.

섀도우 매직
'서양경'을 보고

19세기 말 중국에서 최초로 영화가 만들어지던 시점의 사실적인 이야기를 일종의 메타적 방식으로 이 영화가 구성되었다. 1895년 12월 26일 프랑스 파리 그랑카페 지하 인디언 살롱에서 최초로 상영된 뤼미에르 형제의 '열차의 도착'을 오마주 했다고 볼 수 있는 서양경은 충격과 흥미를 준다. 더불어 저항과 불만이 있지만 대체로 모든 영화나 드라마에서 보듯이 영화 역시 안정 상태에서 불안정 상태를 거쳐 다시 안정 상태로 돌아가는 구성원리를 따르고 있다.

좀처럼 변화할 것 같지 않은 중국인들의 마음이 어떻게 열리고 움직이는지 보여주는 이 영화의 과정에서 우리는 "외국 사람은 감정도 유머 감각도 없는, 전부 다 군인인줄 알았다.", "그림이 어떻게 움직이냐, 눈속임이다."와 같은 대화에서 이 시기 중국인들이 그동안 얼마나 국경 밖의 문물이나 문화에 대해 담을 쌓고 있었는지 알 수 있다. 또한 "중국의 전통 연극만이 진정한 것이다"라는 이 시기 중화주의 역시 타종족에 대한 불신에 비해 자기 종족, 자기 문화에 대한 무조건적인 우월감이 앞서 있다는 반증이기도 하다.

프랑스에서 온 레이몬드 월리스는 먼저 지징륜에게 새도우 매직을 보여준다. 새도우 매직을 본 지징륜은 그림이 어둠 속에서 살아 움직이는 것에 호기심을 갖고 그 원리에 대해 궁금해 한다. 그러다가 '나비를 빨리 돌리면 나비가 날아가는 원리'와 같다는 것을 알아낸다.

인류의 모든 발전은 인문학에서 자연과학으로 자연과학에서 사회과학으로 이어진다. 특히 요즘은 통섭의 시대이므로 가령 SF나 우주공상과학 영화의 시나리오를 가지고 영화를 만들기 위해서는 장비제작을 위해 과학의 힘을 빌리지 않을 수 없다. 그러다보면 인류의 미래를 개척하는 지점까지 가게 되는 것이다.

일개 사진 기사가 변화의 원리를 깨달아가는 과정에서 18세기 말 중국에서 신분의 변화가능성까지 읽게 된다. 지징륜(리우)의 아버지는 가난한 리우가 부자 과부 지앙과 결혼하기를 바란다. 그러나 리우는 유명한 연극배우 탄왕의 딸 탄 아가씨를 사랑한다. 탄 아가씨 역시 자신의 신분과 어

울리지 않는 리우를 사모하여 보호자 없이는 사진을 찍을 수 없는데도 리우를 보기 위해 사진을 핑계로 펭타이 사진관을 찾는다.

영화가 처음 들어오던 이 시기 중국은 아버지의 말에 절대 복종을 강요당하는 사람들의 닫힌 사회가 존재하는가 하면 자발적으로 사랑을 찾는 여성의 솔직함과 용감함이 드러나는 열린사회가 병존한다.

리우는 레이몬드의 영화사업에 동참하게 된다. 그리하여 중국의 새로운 거리, 풍경, 사람들의 표정이나 풍습을 렌즈 속에 담는다. 또한 중국의 장대하고 아름다운 만리장성과 환상적인 산하를 찍는다. 그 때 리우는 만리장성이 외국인을 방어하기 위해 쌓았다고 말한다. 그러나 레이몬드는 "나는 위험하지 않다. 중국은 더 이상 담이 필요 없다."고 말한다.

이 영화를 메타 영화로 볼 수 있는 것은 이 상징적 대화 속에서 드러난다. 영화자체는 시각, 청각, 촉각, 후각을 총동원하여 다양한 맥락 속에서 볼 수 있다. 또 건축, 연극, 춤, 음악, 문학, 미술 타 분야의 자양분을 흡수하여 보고, 듣고, 읽고, 느끼고, 생각하며 즐기는 '관계지향적 성격'과 맥을 같이 하는 것이다. 그런 의미에서 이 영화를 통해서 사회의 흐름을 보게 되고 레이몬드의 열린 세계관과 만나는 지점도 생긴다.

'미래는 움직이는 사진이 대세다'라는 말은 움직이는 사람 곧 담을 허문자, 세계를 새롭게 맞이하는 자의 것이라는 메시지를 담는다. 새로움의 반입에 대한 저항을 뚫고 드디어 중국에서 중국인이 만든 첫 영화를 보던 어린 아이 입에서 굉장해! 라는 탄성이 나왔을 때 그것은 어떤 편견도 이념도 없는 순수무구함의 감탄이었다.

접속의 시대,
비양도를 바라보다

지금은 '문화영역이 상업영역에 완전히 흡수된다.'는 흔히들 말하는 접속의 시대이다. 나는 이 접속의 시대를 조금 다른 각도로 생각해 본다. 인간의 실물 영역이 꿈의 경험으로 만나 균형감을 복원하는 접속.

사람들은 근방에서 공을 던지고 게를 잡고 물을 튕기고 헤엄을 치고 잠수를 하고 미역줄기를 뜯어 올리고 젖은 몸을 반짝이고 따끔따끔 살을 태우고 기우뚱 물에 빠지고 우뚝 서고 후리후리 젖은 머리를 비우고

멀리 비양도를 바라본다
누가 목욕을 하는지 어깨 아래 안개 커튼을 치는
비양도는 부드럽게 걸어갈 수 없는 모래

온종일 흘러내리는 안개이지만 뾰족한 바위와 캄캄한 구름 너머 앞으

로 나아가는 시간의 한가운데

돛단배가 가로지르고 이마 위 구르는 햇살 저지선을 긋는 바다가 비양도를 사이에 두고 엎치락뒤치락한다 비양도를 문지르는 손등이 미끌거려도 모래로 땅굴을 파거나 모래 속에 몸을 묻거나

모래집에 누운 채 바라보는
비양도는 태양의 파편을 깔아놓고
바다와 하늘 사이 중심을 잡고

세계관이 근방인 사람과 근방을 탈출하려는 바람과 근방이 전부인 하느님을

고무보트로 건져올리고
파라솔을 치고
쌀을 씻으면서 하루도 빠짐없이 감아올린다

— 정민나, 「비양도」 부분

……그래서 접선지, 그 섬이 보이는 곳으로 떠나는 날은 '가방끈도 산뜻한 녹색이었다.'라고 말하고 싶다. 모래로 땅굴을 파거나 모래 속에 몸을 묻거나 모래집에 누운 채 바라보는 비양도는 어깨 아래 안개로 커튼을 치는 신비한 곳이다. 쉽게 걸어갈 수 없는 모래, 근접할 수 없는 신의 성채이다. 뾰족한 바위와 캄캄한 구름 너머에 있는 그 곳을 넘어가는 것은 꿈같은 돛단배일 뿐이다. 이 곳과 그 곳 사이에는 저지선을 긋는 바다가 있다.

그런데도 사람들은 태양의 파편을 깔아놓고 눈앞에 보이지만, 가질 수 없고 닿을 수 없는 섬에 가고 싶어 한다. 땅굴을 파거나 파라솔을 치거나 쌀을 씻으면서 그 곳을 바라본다. 때론 용감한 사람들이 그저 꿈 바래기의 소극적 자세가 아니라 자발적으로 찾아 나서고 건져 올리고 파도의 한 가운데 배를 띄우기도 한다. 사람들은 연약한 개인과 존재의 맥을 짚어 주는 신의 접속을 이루려고 노력한다.

하여 지금 뽀얀 먼지를 뒤집어쓴 이곳과 대비되는 비양도, 바다에 빠져 허우적거리는 거리가 있지만 세계관이 근방인 사람들을 건져 올리는 꿈의 저 곳에 가고 싶은 것이다.

접속은 사유하는 사람과 행동하는 사람이 만나는 지점.

무라카미 하루키의 중편 소설 '잠'은 안정된 가정의 울타리 속에서 아무런 문제의식을 갖지 않고 아내와 엄마라는 존재로 살던 여자가 어느 순간부터 잠을 자지 못하게 된다는 이야기다. 17일간 단 한숨도 잠을 자지 못하는데 이 세상 어느 누구도 그 사실을 모른다.

우리 몸의 메카니즘은 '잠을 통해 어떤 편향된 현상을 바로 잡을 수 있는데, 여자는 자신의 쏠림의 경향이 주부의 일상 그 이상도 이하도 아니라는 것을 자각하게 된다. 특별할 것도 없는 자신의 경향을 바로 잡기 위

하여 '잠'이 존재하는 것이라면 여자는 굳이 그 불면증을 이기지 않으리라 마음 먹는다. 오히려 깨어 있는 시간을 선택하고 그 시간을 '확장의 시간'이라 명명하며 초초해 하지도 않는다.

여자에게 불면증이 올만한 외부적인 요인은 보이지 않는데 왜 이런 일이 벌어졌을까? 나는 그녀의 또 다른 자아일 수 있는 그림자를 생각한다. 그녀는 결혼과 동시에 자발적으로 사유할 만한 일이 없어지게 되었다. 잘나가는 치과의사와 문제가 없는 가정에서 자동 시스템적인 안일을 누리고 있었다. 책을 읽지 않아도 되었고, 겹겹의 세상과 그 사이사이의 감정이나 느낌을 갖지 않아도 일상은 충족되었다. 안전하게 채워지는 시간 속에서 여자는 단순 반복의 기계적인 삶을 살고 있었던 것이다. 정해진 프레임과 그 안에서 작동되는 안정적인 데이터는 표면적으로 여자를 뒤흔들만한 요인을 갖고 있지 않았던 것이다.

그런데 어느 순간 불면증이 찾아왔다. 불면증은 지금까지 그녀의 모든 것을 뒤흔들고 바꿔놓았다. 비록 내면에서부터 시작된 변화였지만 세상을 바라보는 시각, 주변 인물을 대하는 심리적 상태. 시계추 같던 생활태도가 변해 버렸다.

우주를 떠도는 미아처럼 변한 여자가 한 밤중 항구 주차장에 차를 세웠을 때 그녀를 전복시키려고 양 옆에서 그녀를 흔들어대던 그림자는 무엇인가? 하나는 각성하는 내면의 그림자요 하나는 일탈을 경고하는 현실의 그림자가 아니었을까?

나는 '비양도'라는 카오스와 미지의 세계를 만났다. 비양도는 실재하는 섬이지만 멀리 보이는 비양도는 안개가 끼고 이곳으로부터 멀리에서 파도가 일고 있었다. 말하자면 비양도는 지금 당장 갈 수 없는 섬이었다. 사유와 묘사의 이미지로, 화석화된 이 세계를 확장시키고 그것을 무한한 저편의 세계와 연결할 수 있는 것이 시 쓰기라면 그것은 객관적이고 규범적인 일상에 대한 고정관념을 전복하는 일이기도 하다. 그것은 또한 내 스스로 미적 감동을 선물 받는 열린 사회(사회성)이기도 하다.

사랑,
그 공감적인 직관으로

얼마 전 나는 원주 '메지호수'가를 걷고 있었다. 오래 전 혼자가 된 언니와 모처럼 원주로 일일 여행을 떠난 날이다. 이 때 우연히 아들을 잃어버린 슬픈 엄마를 만났다. 하루아침에 장대 같은 아들을 잃은 엄마는 처음에 잣나무와 소나무, 단풍나무 잎사귀를 들고서 우리에게 다가왔다.

두 개 묶여 있으면 토종 소나무, 세 개 묶여 있으면 니기다, 다섯 개는 잣나무라고 밝히는 엄마의 표정은 밝은 편인데 목소리는 살짝 가라앉아 있다. "왜 묶인 나무들만 이야기 하느냐? 잎이 다섯 개로 펴지면 고로쇠, 일곱 개로 젖혀지면 단풍나무, 아홉 개로 벌어지는 단단풍 나무도 있다" 라고 말하자 인사 대신 반갑게 우리 손을 잡는다.

그녀는 시종 웃는 얼굴이다. 어느새 목소리 또한 가벼운 공기층을 웃돌고 있다. 하지만 반짝이는 호수를 바라보다 말고, 평화로운 새들의 노래를 듣다 말고 그녀는 문득 혼자 멈춰 섰다. 천천히 들려주는 그녀의 아들 이야기를 우리는 조용히 듣게 되었다. "가족이나 친지들에게 명랑한 아이였어요. 최근 학교에서는 어땠을까 학우들에게 찾아가 묻고 싶어요." "그녀 입 속에서 오래 뒤척이"는 것은 단지 잃어버린 그의 아들이었다. 공부를 마치고 장시간 탑승한 비행기에 내렸을 때 뭉쳐있던 혈전이 그의 숨구멍을 막았다고 한다.

기회만 있으면 울컥 밀고 올라오는 것이 있는데 그녀는 그 뜨거운 것을 삼킬 수가 없다고 한다. 그래도 씩씩하게 걷고, 웃고, 말하는 그녀. 조금만 일찍 응급치료를 했더라면 살릴 수도 있는 상황이었다고 밝은 얼굴 이면에 가시지 않는 어미의 안타까운 심정을 드러낸다.

칼 포퍼는 ≪생각의 탄생≫에서 다른 사람의 몸과 마음을 통해 "새로운 이해를 얻을 수 있"다고 했다. 이러한 감정이입은 '공감적인 직관'으로 이는 "문제 속으로 들어가 그 문제의 일부"가 된다는 것이다. 절뚝이는 다리를 이끌고 어린아이처럼 무의식적 기억들을 털어놓는 엄마에게 시인 라희덕의 「삼킬 수 없는 것들」이란 시를 들려주고 싶다.

> 내 친구 미선이는 언어치료사다
> 얼마 전 그녀가 틈틈이 번역한 책을 보내왔다
> 「삼킴 장애의 평가와 치료」

희덕아, 삼켜야만 하는 것, 삼켜지지
않는 것, 삼킨 후에도 울컥
올라오는 것… 여러 가지지만
그래도 삼킬 수 있음에 늘 감사하자. 미선.

입 속에서 오래 뒤척이다가
간신히 삼켜져 좀처럼 내려가지 않는 것.
기회만 있으면 울컥 밀고 올라와
고통스러운 기억의 짐승으로 만들어버리는 것.
삼킬 수 없는 물, 삼킬 수 없는 가시, 삼킬 수 없는 사랑,
삼킬 수 없는 분노, 삼킬 수 없는 어떤 슬픔,
이런 것들로 홍건한 입 속을
아무에게도 열어 보일 수 없게 된 우리는
삼킴 장애의 종류가 조금 다를 뿐이다

— 나희덕, 「삼킬 수 없는 것들」 부분

슬픈 엄마는 관절염이 도졌다고 내리막길에서 서슴없이 도움의 팔을 내민다. "원주 굽이길은 가을이면 은행나무가 아름답기는 한데 은행이 떨어지면 냄새가 나. 그럼 뭐 비켜 가면 돼지……." 상심의 물기가 아직 다 빠져 나가지 않았는지 그녀 몸은 무겁다. 어린아이처럼 타인에게 몸과 마음을 내맡기는 그녀에게도 '삼킴 장애'라는 것이 있는 것일까? 내가 보기에 "삼켜지지 않는 것, 삼킨 후에 울컥 올라오는" 그 무엇이 그녀에게도 있다. 그녀가 메지 호수길을 찾아온 것은 지금은 없는 과거의 화원을 만나고 싶었는지 모른다. 막혀있는 공간을 벗어나 실제로 바람이 일고 향기가 이는 그녀만의 화원을 느껴 보고 싶었는지도 모른다.

비밀에게 / 화원이 없다면 세계의 질서는 어디서 살까 // 비빌도 언젠가 죽긴 죽나? 사람처럼 다음의 / 생을 받고 싶어 하나? // 여기서의 다음의 생이란 / 저를 벗어버린 순간! 받게 되는 다름인가? // 저의 돌발 상황을 돌보는 자세? 아무튼 훌쩍 / 커버린 꽃의 이름을 한 번씩 몰래 불러 / 바라보긴 하나? // 힘센 비밀일수록 수명이 길까? / 여기서의 수명이란 // 책상 위의 깨알 메모와 문자와 음성을 / 확 밀어버리며 / 너 따위들이 뭔데! 분개하면서 제 팔다리마저 / 부정하는 그 부정정신 말인가? // 잠깐만요 당신 / 누구야? 왜 날 붙들고 질문하나? / 왜 우나? 억지에게 / 또 눈 뜨고 당할까봐서죠! 걱정마 / 이번만은 모두 다 봤잖아? // 내 안의 질서도 / 나의 소소한 저녁들을 어서 밝히라며 / 으름장을 놓을 것이지만

— 박라연, 「비밀의 화원」 전문

함께 동행한 나의 언니도 아이들이 서너 살 때 남편을 잃었다. 원인은 격무에 의한 과로사였다. 그녀 나이 삼십 중반에 세상에서 말하는 이른바 청상과부가 된 것이다. 하지만 그녀에게는 아이들이 있었다. 젊어서 남편을 잃고 홀로 된 여자는 비밀스런 이미지가 덧붙여지기 일쑤이다. 그러하기에 그녀 역시 유혹의 손길을 받기도 했다. 하지만 그녀에게는 다행히 돌보아야 할 화원이 있었다. 아이들이었다. 사시사철 화원에 물주고 가꾸느라 따로 "돌발 상황을 돌보는 자세"를 취하지 않아도 무방했다. 아니 적어도 나에겐 그렇게 보였다.

한사코 생의 질서를 흩뜨리지 않던 그녀는 아이들이 모두 성장하여 출가를 하자 문득 꽃을 들여다보곤 한다. 화원을 돌보느라 정작 한 번도 몰래 불러 바라본 적 없던 자신만의 꽃이다. 그런데 웬일인지 꽃은 마음이 아프다. 별다른 이상이 없는데 깜박깜박 기억의 이상 징후도 나타난다.

힘센 비밀이란 이런 것이 아닐까? 화원을 만드는 동안 생성된 세계의 질서가 정작 화원이 완성된 후에 흔들리는 순환의 이치. 비밀은 때때로 불가사의하게 혹은 아이러니하게 이렇듯 배반의 얼굴로 다가온다.

수많은 사람들의 발자국에 짓밟힌 은행알과 그것들이 남기는 악취처럼 아름다운 은행나무 길에서 우리는 슬픈 엄마를 만났다. 현실적이든 관념적이든 사람들은 다양한 모습으로 뜻밖의 일을 겪을 수 있다. 이러한 상황에 대처하는 방식은 사람마다 다르겠지만 간혹 인간이 진심으로 저의 돌발 상황을 돌보는 것은 그냥 놓아 버리는 것일 수 있다. 그녀가 기억이라는 덧없는 짐을 지고 사막을 건널 때, 무의식적으로 위기의식을 느낄 때 그리스 철학에서 말하는 피시스(physis). 자연의 본성을 따르는 것. 스스로 자(自), 그러할 연(然). 저절로 이루어지는 모든 상태 속에 순수하게 현전하는 것이다.

그리하여 주체할 수 없는 힘센 비밀 앞에서 그녀는 스스로 살고자 했음일까. 시(자연)를 만나기 위해서 오늘 그녀는 비밀의 화원에 산책을 나온 것이다. 나와서 자기 세포 하나하나에 간직된 어두운 기억들을 떼어내 허물을 벗는 것이다. 어느 날 꽃은 지고 '없음'이란 인식으로 그녀의 화원이 지속될 때, 그녀 세계에 질서를 생성하던 싱싱한 꽃들이 단지 닫힌 폴더 안에서 싱그럽게 웃고 있을 때 엄마여,

삼킬 수 없는 것들은
삼킬 수 없을 만한 것들이니 삼키지 말자.
그래도 토할 수 있는 힘이 남아 있음에 감사하자.

— 나희덕, 「삼킬 수 없는 것들」 부분

4부

한 장의 그림에서 환기되는 인간의 그림자는 시인에게 영감을 주고 그것이 새롭게 역사적인 인식으로 깨어나기도 한다. 몽테크리스토 백작이 "감옥의 나날"을 벽에 새겼듯이 기억이 그림에 담기든 시 안에 담기든 장소는 문제가 되지 않는다. 핏빛 역사 앞에서 망연자실한 '내 안의 1950'은 화가와 시인의 특별한 복제를 통해서 생생히 되살아난다.

시인의 직관이 깨어나는 때

이곳에 주저앉은 지 오래입니다 햇수를 알 수 없습니다
열 우물이라 부르는 마을입니다 이사 온 지 몇해 지나도록
그 이름에 대해 생각해보지 않았습니다

어느날 엘리베이터에서 새로 이사 온 옆집 새댁이 물었습니다
"이 마을에 우물이 많나요?"
"무슨?"
어리둥절 되묻다가 문득 열 우물이 생각났습니다
이 빽빽한 아파트 숲 어디에 열 개의 우물이
숨어 있을 것도 같아 가슴 두근거렸습니다 그후 열 우물……떠오를 때마다 가슴 호젓했습니다

첫새벽 옆집 남자가 조심, 계단을 내려가는 까닭을 알 것도 같았습니다
아파트 현관에서 마주치는 이웃이 가만히 목례하며 알 듯 모를 듯 미소

짖는 것도
　한밤중 머리 위에서 위층 내외가 퉁탕거리는 것도
　이따금 찢어질 듯 우는 301호도 알 것 같았습니다
　열 우물, 열 우물…… 그렇게, 보이지 않는 곳에서 우는 뜸부기 소리 같은 것 좇으며
　또 한 백년 흐르겠지요

　늙은 아카시아 우듬지에 세 든 까치 가족이 먹을 물도 모자라는 시절이
　장검(長劍)처럼 번쩍입니다
　그러나 한편 이런 생각이 듭니다

　옷 벗듯 몸 벗고 홀연 날아간 온갖 혼들이 밤마다 목 축이러 내려와
　어린 나뭇잎 같은 손 뻗어 입술 축이고 물끄러미,
　사라진 제 얼굴을 들여다보다 가는
　우물 열 개가 이곳 어딘가에 있으리라
　그런 보이지 않는 그림자들이 몰래 흘러가는 곳이
　이 열 우물이라는 마을이 아닌가

　아파트는 매일 키를 늘립니다
　길들은 더 깊어지고
　그 위로 우워어 우워어
　몽둥이 바람 몰려갑니다

　여기가 천길 우물의 속이라고
　여기가 열 우물의 한 속이라고

— 이경림,「십정동」 전문

십정동(十井洞)은 인천 부평구에 위치하며 5만(2008년 기준) 인천 시민들이 사는 동네 이름이다. 예로부터 열 개의 우물이 있어 '열 우물' 또는 '십정리'로 불리어 오다가 1946년 십정동이 되었다.

시인은 '열 우물'이라는 마을에 대해 어떤 의문도 없이 살아오다 엘리베이터에서 만난 젊은 새댁의 질문을 받게 된다. "이 마을에 우물이 많나요?" 순간 무심하게 잠자던 시인의 직관이 번뜩이며 깨어난다. "이 빽빽한 아파트 숲 어디에 열 개의 우물이 숨어 있을 것 같"다. "열 우물이 떠오를 때마다 가슴 호젓"하다.

시인이 연상한 깊은 우물은 여러 개의 상징을 갖는다. 십정동에서 마주치는 사람들의 행동과 표정, 사건을 열 우물과 관련지어 상상할 때는 여성의 관능적인 육체가 떠오르기도 하고 예로부터 귀신과 연관되는 이야기의 단골 소재였던 우물 이였기에 이 시에서 우물귀신으로 나타나기도 한다. 우물에 제 얼굴을 들여다보러 오는 귀신은 언뜻 섬뜩할 것 같은데도 신화적인 이런 이야기가 신비감을 느끼게 한다.

비속성을 띄면서도 희화화한 재미로 이 시는 독자들을 이끈다. 열우물이 있었다는 상상만으로 시인은 수직으로 올라간 이 아파트 마을을 천길 우물 속과 동일시하는 재치를 선보인다. 길들이 더 깊어지고 그 위로 도깨비의 몽둥이 바람 불어간다고 주술 어법으로 인천의 설화를 풀어낸다.

예전에는 많은 사람들이 한국의 아파트 문화에 대해 부정적이었다. 하지만 요즘은 녹지 비율이 높아지고 조경이나 수변공원 등이 갖춰져 살기 좋은 단지형 아파트들이 많이 늘어나고 있다. 외국인들도 살아보고 좋아한다니 십정동에 아직도 우물귀신이 있다면 여기가 "열 우물의 한 속이라고" 우워어 우워어 기쁘게 몰려다닐 것 같다.

문맥의 이중화로 풀어놓는 활달한 상상

그때, 나는 황홀이라는 집 한 채였다

램프를 들어 붉은 반점이 어룽거리는 문장을 비췄다 인화성이 강한 두 개의 연료통이 엎어지고 하나의 기술이 탄생했다 두 점, 퍼들대는 얼룩은 일치된 의지로 서로에게 스미었다 무풍지대에서도 불꽃은 기류를 탔다 불꽃은 불꽃을 집어삼키며 합체됐다 불꽃 형상을 한 혀에 관한 속설이 꿈속에서 이루어졌다 한 줄, 문장이 타올랐다 나는 심연처럼 깊게 타르처럼 고요하게 끓을 것이다

— 조정인, 「키스」 전문

현재 인천에 거주하면서 시를 쓰는 조정인 시인은 2019년 6월, ≪사과 얼마예요≫를 상재했다. 나이와 상관없이 어떤 사물이나 장면을 보고도

전율할 수 있는 사람은 원초적 순결함을 지닌 사람이다. 그런 시인을 읽을 줄 아는 독자는 '키스'의 황홀한 순간을 언제라도 만날 수 있다.

이 시에서 키워드는 '키스'와 '독서'이다. 시인은 '키스'와 '독서'를 모두 인화성이 강한 두 개의 연료통으로 보고 있다. 연료통이 엎어지면 대개 불꽃으로 화르르 타버린다. 하지만 시인은 그런 허무한 이야기를 하지 않는다. 그 순간에 탄생하는 절묘한 기술에 대해 말한다. 시인은 "펴들대는 두 얼룩이 서로에게 스"며 "무풍지대에도 기류를 타는 불꽃"을 감지한다. '키스'와 '독서'라는 상이한 두 개의 사실적 경험 세계에서 심금心琴의 교류는 시작된다. 시인은 그것을 문맥의 이중화로 풀어 놓는다.

그리하여 '키스'와 '독서'의 교집합은 '황홀'이다. '키스'란 상대방의 입에 자기 입을 맞추며 전율하는 동작이다. '독서' 또한 작가가 써 놓은 문맥을 따라가며 감정이입하거나 공감을 넘어 감동을 느끼는 행위이다. 일상적 언어를 벌여 그 벌어진 틈으로 새로운 세계를 보여주는 시인의 이러한 행위는 대상에 대한 자세한 관찰과 활달한 상상에서 비롯된다.

20세기 스페인의 최고 시인이었던 페데리코 가르시아 로르카pederico Garcia Lorca(1898~1936)는 "예술 작품이 진정한 힘을 발휘하기 위해서는 세련되고 잘 다듬어진 기법 뿐 아니라 영감이라는 거대하고도 신비로운 불꽃이 필요하다"고 말했다. 아직 그것이 무엇인지 해독할 수 없으나 미지의 실체에 대한 직관적 파악은 자신의 세계를 창조하고 무지를 정복하는 일이 된다.

시인만의
지구 양생법

콩가루 집안도 옆집과 싸움 나면 뭉치고
툭탁거리던 아이들도 딴 학교랑 축구하면 함께 응원을 한다
딴 동네 딴 도시 딴 지역과 다툼이 나면
한 동네 한 도시 한 지역이 된다

전라도와 사이가 틀어지면 경상도가 된다
경상도에 맞설 때면 전라도가 된다
북한과 다툴 때는 남한이 된다
월드컵만 열렸다 하면 아우성치는 대한민국이 된다

그러므로 외계인이 쳐들어와야 한다
성간우주星間宇宙를 안마당처럼 누비고 다니는
외계 우주선들의 어마어마한 공습 앞에서
미국과 중국이 손을 잡을 것이다

서방과 아랍이 연대할 것이다
아시아 제諸 국가들이 단결할 것이다

외계인이 와야 한다
모든 국경이 폐제되고,
기독교와 무슬림이 형제가 될 것이다
모든 호모사피엔스가 하나가 될 것이다
인간과 사자와 뱀과 바퀴벌레 들이
한마음 한뜻으로 스크럼을 짤 것이다

더 큰 적이 나타나고 더 큰 싸움이 나는 수밖에 없나?
외계인이 와야 한다
전 세계 모든 나라가 잿더미가 되지 않을까?
외계인이 와야 한다
전 지구 생명체들이 흔적도 없이 사라지지 않을까? 외계인이 와야 한다

다른 별들에서, 지구촌을 전율에 빠뜨릴 초호화 축구팀들이 공격해 와야 한다
부처나 공자나 예수보다 더 환상적인 외계 스타플레이어들이 와야 한다
은하계 별들이 두두둥둥! 자웅을 가리는
우주 월드컵이 열려야 한다

— 이영광, 「외계인이 와야 한다」 전문

시인은 콩가루 집안도 옆집과 싸움나면 뭉치고 툭탁거리던 아이들도 딴 학교랑 축구하면 함께 응원한다고 말한다. 북한과 다툴 때 남한이 되고 월드컵이 열리면 그 때서야 대한민국이 된다고 한다. 그래서 외계인이 쳐들어 와야 한다고 주장(?)한다. 그래야 미국과 중국이 손잡는다고, 서방

과 아랍이 연대할 것이라고 진술한다. 과연 그럴까

시인은 다른 별에서 초호화 축구팀이 공격해 와야 화합된 지구 월드컵이 열린다고, 더 큰 적이 와야 문제가 해결될 꺼라고 거듭거듭 말하고 있다. 하지만 시인만의 지구 양생법은 그의 반어적 어조에 묻어난다. 외계인이 와야 한다고 주장하는 어느 시점에서 시인은 문득 그러면 '전 세계 모든 나라가 잿더미가 되지 않을까' 하고 슬쩍 다른 속내를 표시한다. 일방향으로 치닫던 스스로의 주의와 주장이 갑자기 바뀐 것처럼 보이지만 시인은 애초부터 겉마음과 속마음을 서로 반대로 말하고 있다. '외계인이 와야 한다'고 말해놓고 그러면 '전 지구 생명체들이 흔적도 없이 사라지지 않을까? 혼자 대답하는 형식은 독자의 주의를 끈다.

역사학자 유발 하라리(Yuval Harari)는 그가 쓴 『사피엔스』에서 사람의 정체성에 대해 말한다. 그는 그가 유대인이거나 유럽인이거나 학생을 가르치는 교수이거나 중세사를 연구하는 학자이거나 상관없이 자기 자신을 '호모 사피엔스'의 일원으로 소개한다.

수천 억 개의 별이 모여 하나의 은하를 이루고 수천 억 개의 은하가 모여 우주를 이루는데 이 넓은 우주의 바다에서 지금까지 생명체가 살고 있는 별이 지구 별 하나라고 생각하면 좀 오묘한 느낌이 든다. 그것이 사실이라면 지구에 태어나는 사람들 하나하나는 모두 기적 같은 존재들이다.

우주의 변방에 속하는 작은 별 지구에서 생명체, 그것도 '인간'이라는 영혼을 가진 존재로 태어난다는 것은 정말이지 경이로운 일이 아닐 수 없다.

그런데 이 기적 같은 존재인 사람들이 하나뿐인 아름다운 별에서 매일 같이 크고 작은 전쟁을 벌인다. 나라대 나라가 다투고 한 나라 안에서 계파를 나누어 갈등하고 한 동네 사람들이 사소한 일에 침을 튀기며 투쟁한다.

『장자』 제물편에 조삼모사 이야기가 나온다. 원숭이들에게 밤송이를 아침에 세 알 저녁에 네 알을 주겠다고 하니 원숭이들이 아우성을 쳤다. 그래서 아침에 네 알, 저녁에 세 알을 주겠다고 하니 좋아라 했다. 전체를 보지 않고 당장 자기 앞의 이득에만 집중하여 소란을 피운다. 이것을 빗대어 장자는 "왜 전체를 보지 않는가"에 의문을 제기한다.

이 시에서 시인은 양적인 숫자나 크기를 말하려고 한 것은 아닐 것이다. 우리가 인생을 전체로 본다면 무엇을 고려해야 할까? 그것은 많고 적음이라는 양에 있는 것이 아니라 어떤 소견에 얽매이지 않는 전체적인 통찰을 갖는 행위 아닐까.

도의 관점에서 본다면 만물은 서로 통하여 일체가 된다. "분해되는 것이 있다면 곧 생성되는 것이 있고, 생성되는 것이 있다면 소멸되는 것"이 있다 '영원'이나 '전체'의 관점에서도 현실상황을 무시할 수 없기에 우리는 우리가 해야 할 일을 생각해 봐야 한다.

미국과 중국, 북한과 미국, 한국과 일본은 현재 정치적, 경제적, 사회적인 문제로 서로가 서로에게 돌을 던지며 혼란한 상태이다. 같은 나라 안에서도 홍콩과 중국은 화염병이 날아다닌다. 이들은 바다 표면에서 끊임없이 파도가 요동치듯 갈등하고 분노하고 원망하면서 출렁인다.

이러한 시점에서 자신은 '호모 사피엔스' 라고 유발 하라리는 또 왜 당연한 말을 왜 했을까. 그것은 암시적인 제언提言이 된다. 금을 그어놓고 적대감을 키우는 이런 행위들, 감정의 제약을 만들어내는 이 모든 차별을 내려놓자는 것이다. 우주로 날아가면서 지구 내부는 여전히 용암이 펄펄 끓고 있다.

한국의 언어로
그린 조선의 소

그의 소는 일자무식 우리 큰아버지를 닮았다.

그의 소는 징용에서 탈출한 우리 아버지를 닮았다.

그의 소는 비슬산서 빨치산 하다 죽은 순이 삼촌을 닮았다.

그의 소는 새끼를 잃고 울부짖는 영태 아버지를 닮았다.

선이 굵고 울퉁불퉁한 그의 소는 청도 싸움소를 닮았다.

무수한 목숨들이 젖줄을 대고 있는 백두대간을 닮았다.

눈물을 뚝뚝 흘리며 끌려갈 수밖에 없는 그의 소,

핏빛 역사 앞에서 망연자실한 나의 자화상이다.

— 최서림,「이중섭론 1 — 내 안의 1950」 전문

이중섭의 '소' 그림에 대한 평가는 사람마다 다른데 그 중에 이구열은 "주저앉고, 격돌하고, 허공을 향해 울부짖는 소"라고 말했다. 이중섭 역시 일본 유학시절에 자신이 그린 '소'를 '조선의 소'라고 소개한 적이 있다. 이중섭이 색채와 붓질로 '조선의 소'를 형상화 했다면 시인 최서림 역시 시적 언어로 강렬한 '조선의 소'를 그리고 있다.

이 한 장의 그림 속에는 한 나라의 역사가 들어가 있고 한 사람의 인생이 묻어난다. 이중섭이 그림을 통해서 미를 창조했다면 이 시를 쓴 시인 역시 이 그림 속에서 미를 발견하고 상징적 의미를 확산한다.

이중섭은 자연을 그대로 재현하거나 모방한 것이 아니라 근원적인 것을 파고 들어가 그 속에 숨어 있는 근본적인 합일점을 찾아낸다. 그것은 전혀 기교적이지 않다. 이중섭이 어린 시절 "소에 뽀뽀를 했다."고 아이들에게 놀림을 받은 적이 있다. 그것은 자신이 좋아하고 사랑하는 것에 일체화를 이루고 그렇게 감정이입을 함으로써 일반인과 다르게 자신만의 소를 그릴 수 있었던 것이다.

이와 동일하게 이 시를 쓴 시인 역시 그림을 감상한 뒤 화가의 마음을 있는 그대로 읽고, 그 공감에서 나아가 화가와 비슷한 시기의 자신의 가

족과 우리나라 어두운 한 시기, 짧은 역사의 연대기를 시로 형상화 하였다. '일자무식 큰 아버지', '징용에서 탈출한 우리 아버지', '소를 잃고 울부짖는 영태 아버지'는 그림 속의 텍스트에 감정 이입을 해서 드러난 존재들이다. 이 시를 읽는 독자 역시 형상을 넘은 형상을 그리면서 그림과 시, 화가와 시인의 예술적 진술에 다가서게 된다.

한 장의 그림에서 환기되는 인간의 그림자는 시인에게 영감을 주고 그것이 새롭게 역사적인 인식으로 깨어나기도 한다. 몽테크리스토 백작이 "감옥의 나날"을 벽에 새겼듯이 기억이 그림에 담기든 시 안에 담기든 장소는 문제가 되지 않는다. 핏빛 역사 앞에서 망연자실한 '내 안의 1950'은 화가와 시인의 특별한 복제를 통해서 생생히 되살아난다.

아버지가 부르는 '대전 부르스'

아버지 몸에선 바람 소리가 났다
저곳으로 저곳으로 떠다녔다
생활의 등짐 속엔 노래도 한 말
아침저녁 빈자리에 유행가가 흘렀다

명절 전야엔 가족이 모였다
아버지는 지난해 노래를 또 불렀다
'대전발영시오십분~'

국수 가락이었다
대전역이나 이리역 플랫폼에서 멸치육수에 말아 낸
대파 몇 낱이 고명의 전부인
흐늘거리며 목을 넘어가는
넘기자마자 배가 차오르는

국수보다 육수가 많은 가락국수

기차는 경적을 올리고
벌써 저만큼 움직이기 시작하고
차장은 호각을 분다
보지 않아도 안다 영화에서 봤다
그런데 '발영시오십분'은 무엇인가

국물에 힘없이 벗겨진 입천장이,
바람처럼 달려야 하는 야간열차가
'대전발 0시 50분'을
뗄 숨이 없었다는 것
국수의 속도전을

국수물이 끓어오르는 동안 나는 호흡해 보는 것이다

— 한영수, 「국수의 속도」 전문

철도와 함께 성장한 대전은 가락 국수가 유명하다. 시인은 아버지의 속도를 국수의 속도로 바라본다. 아버지가 부르는 '대전 부르스'의 가락을 국수 가락으로 치환한다. "잘 있거라 나는 간다 이별의 말도 없이~~" 목구멍으로 빨리 넘어가는 가락국수로 배를 채우고 저만큼 벌써 움직이기 시작한 기차를 향해 뛰어가는 아버지… …

연인과의 사랑의 시간보다 먹고 사는 일이 급했던 이 시절 사람들은 그런 만큼 삶의 애환이 느껴지는 대전 부르스를 즐겨 불렀다. 그러기에

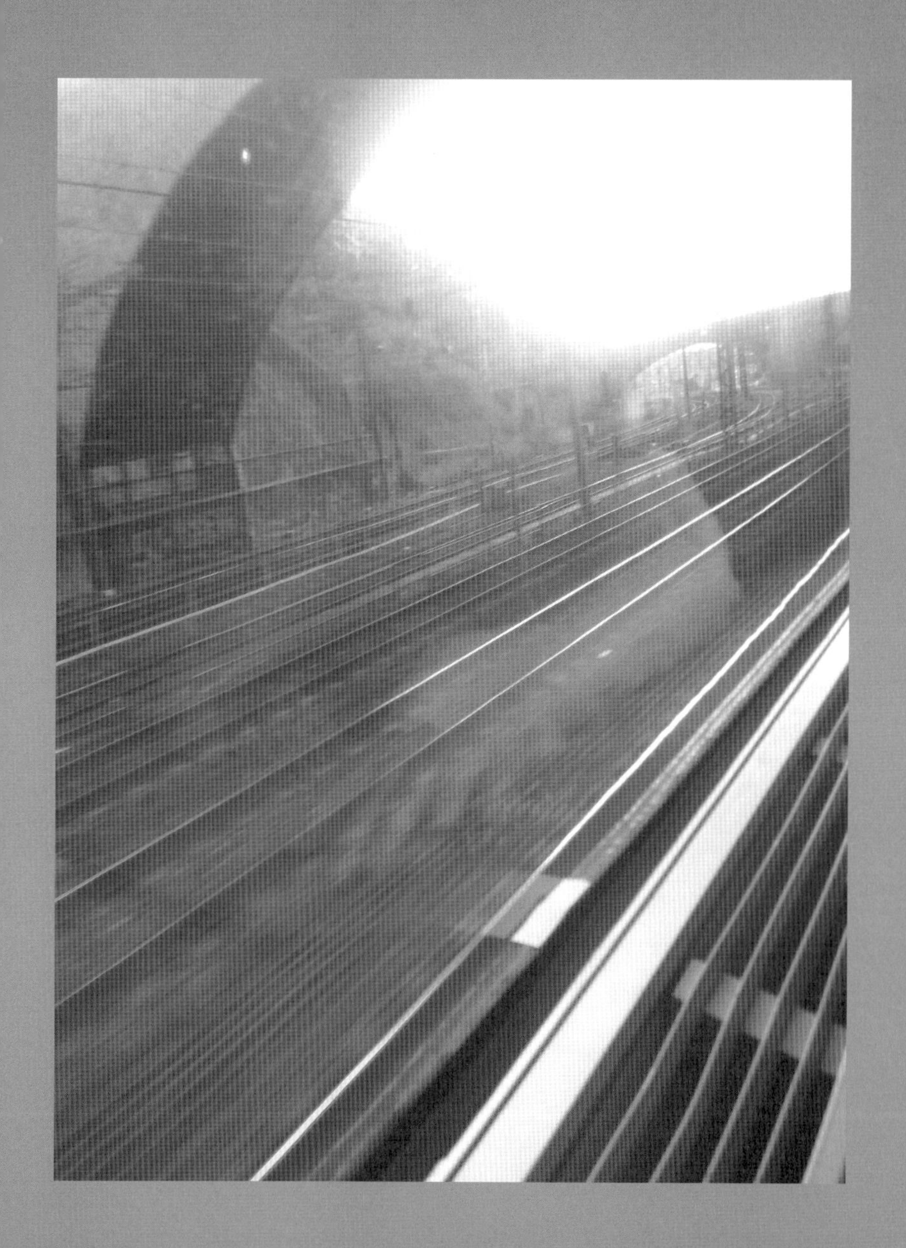

1956년 만들어져 가수 안정애가 처음 불렀던 이 노래는 조용필이 재취입해 부를 정도로 국민 애창곡으로 지금까지 불려지고 있다.

1905년 만들어진 대전역은 러일 전쟁과 6.25사변이라는 뼈아픈 역사적 시간을 뚫고 오늘날 오픈 정보 터미널로 재탄생하였다. 근대 역사의 추억을 간직한 채 전국적인 거점 도시로 성장하는데 발판이 된 대전역은 사실 여행의 출발점이나 도착점이라는 낭만적 선입견보다 후루룩 가락국수를 마시고 바람처럼 재빨리 달려가 기차를 잡아타야 하는 고단한 사람들의 삶의 여정이 먼저 그려지는 곳이기도 하다.

많은 사람들이 대전의 '가락국수'를 지방의 향토음식으로만 알고 단순히 즐기겠지만 시인은 이 '가락국수'에서 아버지의 인생을 읊고 있다. 아버지가 살던 시대의 움직임을 이 '가락국수' 하나에서 포착해 내고 있다.

가락국수는 "대파 몇 낱이 고명의 전부"이고 "국수보다 육수가 많은" 음식이다. 그래도 "넘기자 마자 배가 차"올라서 이곳에서 저곳으로 바삐 움직이는 그 시대 사람들에게는 일용한 양식이었다. 바람처럼 달리던 야간열차가 근대화를 수행한 오늘날 한국의 원동력이었다면 그 열차를 잡아타고 가락국수의 속도로 달려와 우리에게 바통을 쥐어 준 아버지는 오늘날 국가발전을 선도했던 주역들인 셈이다.

트랜지스터,
위기는 기회가 될 수 있다

— 창조 본능을 일깨우는 아이들

우리언니 여섯 살 조카 데리고
친정 나들이왔네

옛날 라디오는
우리 집 가보 1호

처음 들어 보는 라디오 소리
우리조카 휘둥그레 놀라는 모습

저속에 무엇 있나 궁금증 발동했네
동갑네기 이모랑 소근소근

돌맹이 주워다 부셔부셔

신기한 소리들은 뚝 멈췄네

상상의 흥분은 허망해지고
엄마께 혼날까봐 울음보 터졌네

부모님 놀라 달려 와 보니
기막힌 일 벌어졌네

가보1호 라디오는
그렇게 가버렸네

— 김불위, 「트랜지스터」 전문

트랜지스터(transistor) 라디오란 트렌지스터를 사용한 라디오 수신기를 말한다. 우리나라 반도체 산업은 60년대 후반에 태동하였는데 국내에 진출한 외국 기업들이 가공된 웨이퍼를 들여와서 조립생산이 시작되었다. 트렌지스트 라디오가 처음 보급되었을 때 라디오에서 흘러나오는 사람의 목소리를 듣고 놀라웠을 아이들의 모습을 이 시를 통해서 실감할 수 있다.

동생을 임신한 필자의 어머니도 서울에 사는 시동생이 왕왕 울리는 트랜지스트 라디오를 들고 집안으로 들어오는 꿈을 꾸셨는데 그게 태몽이었다고 말씀하신 적이 있다. 태몽으로 여길 정도로 트랜지스트가 처음 나왔을 당시는 상당히 경이로운 물건이었다.

조그만 물체 속에 무엇이 들어 있나? 아이들은 그 궁금증을 참지 못하고 돌멩이를 가져와 물체를 두드리면서 목소리의 주인공을 찾는다. 아이들의 호기심이 화자 집안의 가보를 망가뜨렸지만 사실은 그러한 행동은 창조 본능을 일깨운다. 알 수 없는 물체를 해체하고 그것이 무엇인지 밝히려는 사람들의 행위가 모아져서 오늘날 창조 과학의 대한민국을 세우는데 원동력이 되었다는 것은 누구도 의심하지 않는다.

트랜지스트 발명으로부터 주목받기 시작한 반도체 기술은 눈부신 기술 혁신을 이루어 고도의 정보통신과 정보 처리기술 발전을 가져왔다. 반도체는 가전제품에서 우주 개발까지 그 응용 범위가 넓다. 산업뿐 아니라 사회, 공공분야나 가정생활에 이르기까지 반도체의 수요는 계속 증대되어 가고 있다.

최근 일본 정부는 반도체 핵심 소재 부품인 불화수소, 플루오린 폴리이미드와 포토레지스트 등의 반도체 핵심소재 수출규제로 우리나라 반도체 산업에 긴장감을 주고 있다. 글로벌 시장은 국가별로 분업화 되어 있는 상황이다. 조 단위의 트랜지스터로 이루어진 반도체 내부는 원자 단위로 매우 작은데 일본은 반도체 고집적화에 따른 형상의 미세화, 웨이퍼의 대구경화 등을 행할 수 있는 장비나 재료의 기술이 뛰어나다. 그에 반하여 우리나라는 첨단의 기술 분야나 재료에서 부족한 대신 국내 조립기술은 선진국 수준에 도달 하였으며 시험 및 분석 기술도 제품의 성능 검사를 할 수 있는 수준이라고 한다.

가공 생산 기술은 최근 집중적인 기술도입으로 거의 선진국 수준에 도달하고 공정 기술 개발측면에서는 초고집적 반도체 기술을 자체적으로 개발할 수 있는 능력을 확보하였다고 전한다. 따라서 삼성전자와 SK 하이닉스 등 우리 기업과 정부가 수입선을 다변화 하고 국산화를 추진하며 대책을 세운다니 언제든 '위기는 기회'가 될 수 있다. 우리나라도 그동안 기술이 산업에 실제로 적용하여 구체적인 '현실 기술'을 쌓아올렸다는 소식에 응원하는 마음이 막 샘솟는다.

배다리를 지키는 사람들

용돈 몇 푼이 아쉬워
학기가 끝나면 보던 책들을 싸들고
기웃거리던 이 거리

프랑스제 향수보다
더 깊은 향기를
물씬 풍기는

조그만 다락방
곰팡이 냄새 추억의 향기에 취해
기억들의 무덤 앞에서

소주인양
커피 한 잔을 음복한다.
한 보따리 책과 바꾼 지전 몇 장으로

독쟁이 고개 대포집에서
한잔 걸치고
그 시절의 싱싱한 시를 흐느적거렸지

가난에 찌든 세월이어도
정이 후했던 시절
마음속에 담고 계시는지

이 자리를 마련해주시는 분
다정多情도 다과茶菓도
듬뿍 내어 내신다

주인어른께 감사한 마음
치부해 놓는다

— 김희중, 「배다리 헌책방 거리」 전문

배다리는 금곡동을 중심으로 창영동과 동구 송현동의 수도국산, 중구 동인천역을 아우르는 장소이다. 6·25 전쟁 때는 피난민들이 이 지역 산비탈로 모여들어 살기 시작했고, 그 전 시기인 일제 강점기에는 500여명의 직원이 성냥을 만들던 조선인촌 주식회사가 자리 잡았던 곳이기도 하다.

수문통은 송현 파출소와 화평 파출소 사이의 수로로 300 미터까지 물이 들어오던 곳인데 1970년대 까지도 이 수문통 갯골로 바닷물이 들어와 이 일대에서 갯내음을 맡을 수 있었다. 배다리가 낙후된 도시라고 해서 인천시는 도시 재생사업을 위해 이 지역을 관통하는 산업도로 공사 계획을 발표한 바 있다. 하지만 주민들은 '배다리를 지키는 인천 시민 모임'을 만들어 이에 반대하여 왔다.

이 지역의 서점, 사진관, 스페이스 빔 같은 공간에서 문화예술 행사를 하거나 작은 전시회를 갖는 등 배다리 책방거리 사람들은 그들의 문화와 역사 유적을 지켜 나가는데 적극적인 모습을 보여왔다. 다행히 최근 인천시는 유동 삼거리에서 송림로를 지나는 중 · 동구 관통도로 3구간을 양방향 4차선 지하차도로 만들겠다는 계획을 발표했다. 화물트럭의 통행을 제한하는 등 8개항의 합의안을 금창동 쇠뿔마을, 배다리 주민들 앞에서 서명하였다. 이 지역을 문화지구로 가꾸겠다는 약속을 지킨 것이다.

배다리 헌책방거리는 다른 지역 사람들이 생각하는 만큼 현재 책방이 빽빽하게 늘어서 있지는 않다. 그러해도 과거와 근래의 책들이 이 곳의 헌책방에 켜켜이 쌓여있고 오래된 책에서 뿜어 나오는 구수한 냄새가 오롯이 살아 있어, 이 지역을 사랑하는 사람이나 이 시의 화자처럼 "프랑스제 향수"보다 물씬 추억의 향기를 느낄 수 있는 것이다.

21세기 들어 현란한 전자 미디어에 뒤처져 종이책이 인기 없는 시절이 되었지만 책을 좋아하는 사람들은 여전히 책을 사 본다. 인터넷 서점이나 대형 서점에 밀려 동네 작은 서점도 영업이 안 되는 마당에 헌 책방은 오죽할까 걱정하는 사람들도 있다. 하지만 배다리에 존립하는 헌책방들은

이 곳의 환경이나 문화에 맞게 자신의 정체성을 살려가고 있다. 저만의 특색을 갖춘 행사와 전시회를 열어 이 지역이 인천의 고유한 문화 지구가 되는데 일조하고 있다.

글쓴이는 배다리 헌책방에서 열리는 시 낭송회에 참가하여 다른 기성 시인들을 대면하고 그들의 시를 감상하면서 시심을 교류한다. 차츰 시인 지망생이 되어 자신이 쓴 시를 직접 낭독하기도 한다. 직선으로 뻗어가는 시간을 구부려 아름다운 자리를 마련해준 이 지역 분들에게 감사의 마음을 담아 이런 시도 쓰게 되었다.

매달 마지막 주 토요일 오후가 되면 배다리 오래된 서점가에서 사람들을 만날 수 있다. 도심 한가운데를 달려가는 대형 트럭 대신 낭창낭창 시가 흘러나오는 헌책방거리가 어김없이 그들을 부르기 때문이다.

만조의 사랑,
꽃들의 이별법

네 앞에서 꽃잎 위 물방울처럼 있는다

새벽이 지나간 자리가 빨갛다

작은 무게를 버티는 것이 꽃들의 이별법

한 발로 나를 짚지 못하고 너를 짚으면 계절 하나 건너기 어렵다

너를 다 건넜다고 생각했는데, 버티기가 쉽지 않다

한 발 내밀 때마다 하늘이 수없이 파랬다 검어진다

꽃술 내려놓고 그 향기 따라 건넜다, 어두웠다

수평으로 걷지 못한 날들이

물가의 신발처럼 가지런히 놓여 있다

해가 점점 부풀어 오르면 별들은 일찍 떠난다

내 숨소리가 꽃잎 떨리듯

높아졌다 가라앉는 것을 내가 보고 있다

— 문정영, 「꽃들의 이별법」 전문

만조, 간조의 수위차가 높은 때를 '사리'라 한다면 조류의 흐름이 약하고 수위차가 작을 때가 '조금'이다. 이 때가 되면 내가 사는 인천의 소래포구는 언제나 활기가 넘친다. 소래의 크고 작은 배들은 아침 일찍 바다에 나가 물질을 하고 그날로 포구에 들어와 뭍사람들에게 팔 싱싱한 물고기를 풀어 놓는다.

새들은 배가 들어올 때마다 새까맣게 날아들고 물건을 부리는 사람, 또 그것을 일치감치 팔려는 사람, 신선함 그대로 사들이려는 사람들로 포구의 공기는 그 어느 때보다 생기가 넘쳐난다. 그러면 포구 사이사이 물드는 갈대와 억새들도 술렁이고 보물찾기를 하려는 듯 그 한 자리 화가들이 화구를 펼쳐놓고 펄떡이는 포구의 계절을 그린다.

이런 날은 '한껏 차오른' 사랑을 그릴 수 있다. 하지만 만조의 순간은 언제 다시 밀려 나갈지 모르는 썰물의 예감이 그림자처럼 배여 있다. 물이 최고로 불어난 상태에서 썰물 행위의 움직임 직전, 잠시 물 흐름이 멈춘 상태가 '만조'라고 한다면 시인은 이 시에서 만조에서 살짝 비켜난 2물이나 3물 때의 사랑의 풍경을 그리고 있다. 이 때 사랑의 수위와 조류 속도는 그 흐름이 약하다.

사람마다 사랑을 느끼는 감정은 다르다. 새벽이 차갑다고 말할 수도 있고 어둡다고 말할 수도 있듯이. 이 시에서 화자는 "새벽이 지나간 자리가 빨갛다"고 표현한다. 보통 '빨갛다'는 어휘에서 우리는 '뜨겁다', '위험하다' 는 느낌을 갖는다. 나의 사랑이 뜨겁고 환하고 아름답지만 또 그만큼 위험하기도 하다. "꽃잎 위 물방울"처럼 사랑은 비스듬 기울어진 상태의 모습을 드러내고 있기 때문에 시 속 화자는 "작은 무게를 버티"면서 아슬한 사랑법을 이어간다.

"네 앞에서 꽃잎 위 물방울처럼 있는다"에서 꽃잎 위의 물방울은 아슬하기만 하다. 언제 떨어질지 모르지만 그래서 그만큼 아름답고 애틋하다. "너를 다 건넜다"고 생각하는데 한편 "버티기가 쉽지 않다"고 한다. 화자는 왜 이렇게 말할까? 왜냐하면 그만큼 아름다움은 '찰나'이기 때문이다. 차오르면 빠지기 시작한다. 만조도, 보름달도, 인간의 사랑도…… 한 발 내밀 때마다 하늘이 수없이 파랬다 검어진다.

너와 내가 사랑하지만 '만조'의 사랑은 오래 머물지 못한다. "한 발로 나를 짚지 못하고 너를 짚으면" 물에 빠지기 때문이다. 온전히 너에게 나를 투신하면 "계절 하나 건너기 어렵"기 때문이다. 화자는 꽃술(사랑=너)을 내려놓고 그 향기(자취=흔적)을 따라 걷는다. 결핍의 시간은 조금을 지나 무시를 지나 1물, 2물, 3물, 4물로 흘러간다.

조류의 흐름이 점차 빨라지면서 만조와 간조 사이에 뻘밭이 드러난다. 그 사이 붉게 피어난 퉁퉁마디는 붉은 색채를 띄고 있다. 어떤 시인은 그것을 불타오르는 바다로 그리고, 어떤 시인은 잔잔한 노을로 그리지만 여기 이 시인은 그저 바다 한쪽을 벌겋게 잠식하고 있는 시간으로 그린다. 울퉁불퉁한 수면이나 "수평으로 걷지 못한 날"로 표현한다. 만조에서 멀어지는 그 꽃술을 생각하며 어두워지는 시인은 자신을 돌아다보듯 "물가의 신발처럼 가지런히 놓여있다"

통일 전망대에 오른 시인

바다 사이 지척에 두고
저쪽은 개풍군이란다

6·25사변이 난지 올해로 69주년
두고 온 문전옥답
강산은 어떻게 변했을까?

옛이야기지만
조류학자 원병호 박사는
새 다리에 쪽지 편지를 써서
북한의 아버지와 주고 받았다는데

남북을 넘나드는
사상(思想)은 박물관에 넣어 두고

지금은
새가 되고 싶어라

너와 나 사이
훨훨 날아올라
고향소식 전해 주렴

소리쳐 부르면
메아리만 되돌아 올뿐……

— 신중서, 「강화도, 통일 전망대」 전문

평화 전망대는 북녘 땅이 손에 잡힐 듯한 장소인 강화도 최북단에 우뚝 자리잡고 있다. 임진강 · 한강 · 예성강이 합류하는 이 지역은 고구려 시대에는 혈구(穴口) 또는 갑비고차(甲比古次), 신라시대에는 해구(海口)로 불리었다.

강화로 개칭된 이후 고려와 조선시대 몰락한 정계의 인물들이 귀양살이를 하던 이곳은 현재 행정 구역상 인천광역시에 속해 있다. 교동도와 석모도를 중심으로 1읍 12면으로 구성된 강화도는 단군 왕검이 하늘에 제를 지냈다는 마니산과 단군의 세 아들이 살았다는 삼랑성(三郞城)이 있다. 민족의 정기가 서린 이곳에는 통일을 염원하는 탐방객들이 줄을 잇는다.

이 시의 화자는 6·25때 아버지를 잃고 1·4후퇴 때 거룻배를 타고 이남으로 내려왔다. 옹진 앞바다 어화도에서 2개월간 집으로 돌아갈 날을 손

꼽으며 기다렸다. 끝내 좋은 기미가 보이자 않자 일곱 살 어린 화자는 작은 아버지 가족과 피난민 대열에 서게 되었다. 고모 두 분이 살고 있는 이북은 아직도 자유롭게 갈 수 없지만 다행이 최근 남북 두 정상이 평화적 해결책을 모색 중이니 통일 전망대에 오른 화자는 시로서 그리운 마음을 달래는 중이다.

묵정밭을
갈아엎는 힘

큰아들 결혼 준비와 막내의 등록금이 걱정 되지만

어디 걱정 없이 살 수 있는 그런 삶도 있다던가

벗으려던 빚더미에 다시 멍에를 메도

반듯하게 자라준 자식 농사가 다행 아닌가

농사를 지어본 사람은 안다

봄, 잘 살아야지… 기대에 부풀어 씨 뿌리고

여름, 잘 될 것 같아 몸 상하는 줄 모르다가

가을, 수고한 만큼 작황은 풍년인데

떨어진 수매가에 기대가 무너지고

겨울, 미루어 둔 손익 계산서

우수수 앗아가는 찬바람에 또 한해가 도로 아미타불

앙상한 겨울나무에 빈손만 묶어두어도

봄, 다시 잘 살아야지

기대에 부풀어 씨를 뿌린다

— 최병관, 「농심」 전문

예로부터 곡류의 씨를 뿌리고 과채류의 모종을 심고 거두는 일을 '농사'라 했다. 또한 자녀를 낳아 기르는 일 역시 비유적으로 '자식 농사'라 한다. 곡식을 키우거나 자식을 키우는 일에서 부지런히 노력한 사람은 그것이 무엇이든 넉넉하게 거둬들일 수 있다.

하지만 풍년이 되었다고 마냥 좋아할 수 없는 시간이 오기도 한다. 평년보다 수확이 많아 그 때문에 수매가가 떨어지는 현실 때문이다.

지난 시기, 고생한 어르신들이 자식을 자신처럼 살게 할 수 없다고 할 수 있는 한 최고의 학교를 보냈다. 그래서일까 현재 우리나라에는 고급 인력이 넘쳐난다. 인건비를 줄이기 위해 기업은 외국에서 값싼 인력을 들여오거나 아예 외국으로 생산업체가 이주하기도 한다. 그것은 우리나라 청년실업이 늘어나는 요인 중 하나가 된다.

달라지는 기후와 풍토에 따라 개량된 씨앗을 뿌리듯 변화하는 시대에 맞게 살아남으려면 개인이든 국가든 어떤 노력이라도 해야 한다. '끈기' 하면 예로부터 우리 국민이 지켜온 미덕이었다. 여기에 현재와 미래에 대한 꾸준한 사전 준비가 더해진다면 구멍 난 손익 계산서를 돌파하는 것은 손쉬운 일이 된다.

'겨울나무에 묶어둔 빈손'은 농부의 손일 수 있고 자식의 손일 수 있다. 아무려나 "봄, 다시 잘 살아야지" 용기를 건네는 이 말에서 묵정밭을 갈아엎고도 남을 만한 힘이 느껴진다. 끊이지 않는 자기검열을 통해 낙담을 통과하는 사람들이 보인다.

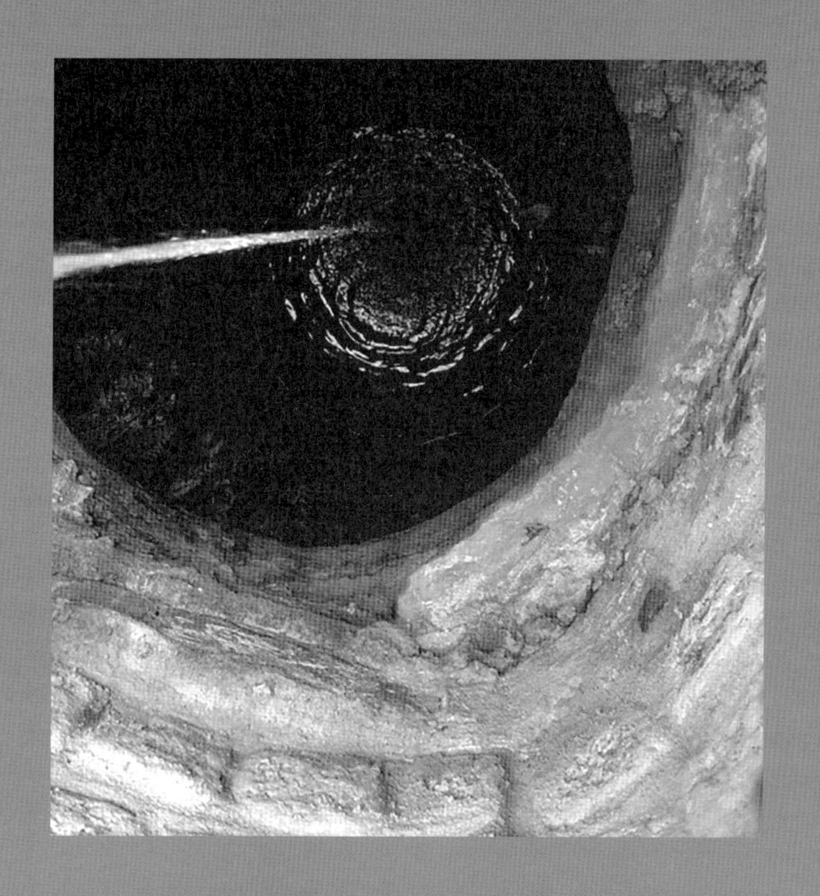

임목이 청명한 지구

어릴 적
멀리서 보면
쌀밥처럼 소복해

늦은 봄
양식은 떨어지고
보리가 익기까지

고픈 배를 잡고
도랑물 삼키며
고개를 넘었다

소작료, 빚, 세금으로 떼인
남은 식량으로

초여름 보리 수확 때까지
칡뿌리 잔대로 끼니를 때웠다

아이들이 산에 가서 송기를 벗기고
아내가 들에 나가 봄나물을 뜯던
보릿고개

하늘로 올라가서
작년에 국민소득
1인당 3만 불을 돌파하였다

도랑가
하얀 조팝꽃
하늘하늘 피었다

— 피석찬, 「조팝꽃」 전문

우리 땅은 토심이 얕고 지력이 약해서 유사 이래 우리 선조는 늘 보릿고개를 경험했다. 척박한 토질에 대한 관심이 높아진 것은 일본이 전쟁 수행의 목적으로 쌀의 공출을 재촉하기 시작하면서부터였다. 대부분의 땅이 산지이고 농지가 적은데다 흙이 척박한 땅에서 곡물의 생산성이 좋지 않자 일본은 그들의 과학자를 데려와 우리나라 토양을 연구하기 시작했다.

한국의 어려운 식량 사정을 안 미국 등 여러 선진국가의 학자들도 우리나라의 토양 연구 프로젝트를 벌여 그 후 차츰 한국의 토양 연구가 활발

해졌다. 세계의 연구자들은 "한국인 스스로가 한국의 토양관리 방법을 검토하고 어려운 식량문제를 해결"해야 한다고 과학 영농의 기초 공정들을 서로서로 가르쳐 주었다.

이 사업으로 한국의 토양 연구는 현대화의 모습을 갖추었으나 최근에는 오히려 화학비료가 양산되고 가축 분료가 넘쳐흘러 이제는 보릿고개를 걱정하는 시대가 아니라 위험한 독극물의 위험에 대비해야 하는 시대가 되었다. 마트에 가면 유기 농산물이 한 쪽 코너에 따로 진열되어 판매되고 있다. 이 좋다는 유기 농산물을 생산하기 위해서 사람들은 분료를 사용하는데 여기서 독성 가스나 독극물 만드는 유기물을 과용하게 된다. 그로 인해 아이러니 하게도 우리 땅은 다시 병들게 된다는 것이다.

과유불급. 언제나 과하면 탈이 난다. 보릿고개가 있었다는 사실을 알거나 알지 못하는 사람들 모두 지금은 경제생활이 향상되어 편하게 살고 있다. 하지만 그로 인해 우리의 땅이 병들 수 있는 악순환의 고리를 새롭게 만들 수 있다. 과거에는 영양이 부족하여 보릿고개를 겪었는데 앞으로는 영양이 넘쳐나는 풍년의 보릿고개를 넘을 수 있다니 격세지감을 느낄 분도 계실 것이다.

보릿고개는 우리나라에만 있는 말이 아니다. 몇 년 전에 기후변화와 '곰팡이병'이라는 변수로 대대로 커피농사를 지어오던 중앙에메리카의 커피농장 노동자들이 보릿고개를 넘었다는 말을 들었다. 우리가 4~5개월 수

확한 것으로 나머지 계절을 이겨내야 했듯 그들도 5월에 일감이 생길 때가지 3월과 4월이 보릿고개였다 한다. 그들 역시 떨어진 커피 열매들을 모아 쓸 만한 것들을 내다 팔며 보릿고개를 버티었다.

세계는 순환한다. 질병도, 기후도, 지식도, 인심도…… 우리가 비록 다른 나라 다른 학자들의 도움을 받아 빈곤 속에서 보릿고개를 넘었지만 그 후 자력으로 우리는 우리의 산성토양을 개량하였다. 정부는 친환경 농업을 권장하고 학계에서는 생물학이나 물리화학 등 다양한 지식등을 동원해 우리의 토양학을 연구한다.

커피를 좋아하는 나는, 연구가들이 끊임없이 실험하고 분석하고 조사하여 앞으로도 계속 세계의 커피나무에 풍년이 들기를 원한다. 세계의 보릿고개를 넘는 나라가 있다면 그들도 하루 빨리 결실에 적합한 땅을 찾는 노력을 기울이길. 그래서 임목이 청명한 지구가 내내 피어있길 기원한다.

마늘, 따뜻해진 목숨의 상형문자

마늘밭에 마늘 싹들이 파랗다
저 연하고 여린 것들 어디에도
맵고 아린 오기가 숨겨져 있을 리 없다
독한 불길을 품은 악마에게 뜨거운 회초리질을 당한 후
마늘은 비로소 마늘다워질 것인가
아니다
흙을 밀어 올리던 어린 천사의 살이 닿아
따뜻해진 목숨의 상형문자가 뭉쳐
맵고도 아린 흔적을 땅속에 감추는 것이다
병아리 털 같은 마늘 싹들이 실눈 뜨고 내다보는
저 눈부심!

—조창환, 「저 눈부심」 전문

시인은 마늘밭에서 마늘 싹들을 바라본다. 그 연한 어린 것들 어디에 맵고 아린 오기가 숨겨져 있을까? 살짝 드는 의문에서 이 시는 시작된다. 병아리 털 같은 어린 마늘 싹들은 자라면서 땡볕에 씨알이 굵어지고 우리가 흔히 먹는 매운 맛의 마늘로 커간다. 시인은 그 과정을 "독한 불길을 품은 악마에게 뜨거운 회초리질을 당"하는 모습으로 묘사한다. 그 과정을 거쳐야만 맵고 아린 마늘이 될 수 있다.

하지만 시인은 마늘밭에 하늘거리는 마늘 싹들을 바라보다가 다른 또 하나의 생각을 하게 된다. "독한 불길을 품은 악마에게 뜨거운 회초리질을 당"해서 매운 마늘이 된 것이 아니라 "흙을 밀어 올리던 어린 천사의 살이 닿아/따뜻해진 목숨의 상형문자가 뭉쳐" 맵고도 아린 마늘이 된 것이다. 라고

사람이 된 웅녀는 자신을 배필로 맞이한 환웅과 그 사이에서 태어난 단군의 가족이 되어 행복한 삶을 살게 된다. 인간의 원조인 웅녀는 그리하여 "따뜻해진 목숨의 상형문자"같은 상징적인 존재가 되고 그것이 이 시에서 보듯 마늘이라는 구근에 실려 지금까지 내려오는 것이다.

사실 우리 인간의 인자 속에는 저 100일간 햇빛을 보지 않고 쑥과 마늘로 견뎌낸 웅녀의 '참을성'이 대대로 새겨져 내려오는지 모른다. 사회에 나온 초년의 젊은이들은 거친 세상과 대면하여 점차 맵고, 아리고, 오기를 가진 거친 생활인으로 변해가지만 세상과 부딪히고 달구어지면서 독

해진 마음을 세상을 향해 흩뿌리거나 뒤흔드는 것만은 아니다. "맵고도 아린 흔적을 땅 속에 감추"는 마늘처럼 뜨겁고도 거친 세상을 참고 견디며 앞날을 내다보는 것이다. 그 사이 땅 밑 마늘 구근은 쓸모있게 커가고 땅 위 마늘 줄기와 잎은 푸르고 상냥하게 자란다.

뜨거운 불속에 수없이 담금질을 당한 무쇠가 날렵한 칼이 되듯이 독한 불길을 거쳐 생성된 거친 자아는 인간의 기원으로부터 깊이 간직되어 내려온 따뜻한 인성과 만나 조화로운 인간이 된다.

얼룩을 다 떠낼 때까지
경건한 식사

식탁과 티비가 시선을 주고받네요 밥을 넘기고 고개를 돌리고 누군가 옆에 있는 것처럼 나도 가끔씩 조잘거리고, 늦은 저녁밥을 먹어요 비스듬히 티비를 보고 벽을 보아요 골똘히 얼룩을 바라보면 얼굴과 닮았다는 생각, 모든 얼룩에서 얼굴을 찾아요 오늘은 이목구비가 깊어져 표정을 짓네요 숟가락이 내 몸을 다 떠낼 때까지 티비를 켜요 관객이 웃고 미혼모가 울고 툰드라의 순록이 뛰어다니고, 이야기가 밥알처럼 흘러내려요 지금은 사실과 농담이 필요한 식사 시간이에요 식탁에 앉아 티비와 인사해요 세상으로부터 허구가 되어가는 아주 경건한 시간이에요

— 이해존,「경건한 식사」 전문

「경건한 식사」에 나오는 화자는 혼밥을 하는 이 시대 젊은이들의 모습을 디테일하게 보여준다. "밥을 넘기고 고개를 돌리고 누군가 옆에 있는 것처럼" "가끔씩 조잘거리"는 이것이 혼밥족의 풍경이다. 이 시에서 시인

은 이러한 풍경을 사실적으로 그리면서 시적 화자의 심리를 터치하듯 살짝살짝 붓질한다.

'혼밥'이나 '혼술', '혼영', '혼행', '혼코노' 같은 말은 이제 생소한 느낌이 들지 않을 정도로 흔하게 사용되고 있다. '혼밥'이나 '혼술'은 혼자 먹는 밥이나 술을 말하고 '혼영'은 혼자 영화를 보는 일. '혼행' 역시 혼자 여행을 가는 것이다

우리 동네 비어있던 상가에도 코인 노래방이 생겼는데 혼자 와서 노래를 부르는 사람들이 많다. 이런 사람들을 가리켜 '혼코노'라고 하는데 이런 신조어들은 동시대를 살아가는 사람들의 한 단면을 보여준다. 새로운 언어들의 출현은 그래서 한 문화를 대변한다.

이 시에서 혼자 사는 사람의 풍경은 '식탁'과 '티비', '가끔씩 조잘거리는 혼잣말', '벽에 찍힌 얼룩' 등으로 드러나고 있다. 화자는 밥을 먹으며 티비를 보고 벽을 보며 얼룩을 읽는다. 그 얼룩들에서 자신의 얼굴을 본다. 그리고 다른 모든 얼룩들에서도 자신의 얼굴을 찾는다. '본 바탕에 액체 따위가 스며들어 더러워진 자국'이 얼룩이라 한다면 화자는 왜 굳이 얼룩에서 자신의 이목구비를 찾고 있을까? 얼룩에서 깊어진 표정을 읽으려 하는가?

화자가 보는 그 얼룩은 화자 자신의 지나온 삶을 은유한다. "관객이 웃

고 미혼모가 울고, 툰드라의 순록이 뛰어다니"는 티비 속의 이야기는 우여곡절의 복잡한 삶과 만화방창의 봄날이 뒤엉킨 입체적인 세상이야기다. 이러한 시간도 지나면 얼룩이라는 흔적으로 남게 된다. 홀로 앉아 "티비와 인사"하는 혼자만의 삶은 세상으로부터 동떨어진 허구 같다. 혼잣말을 하면서 "얼룩이 된" 자신의 "몸을 다 떠낼 때까지" 화자는 식사를 한다. 일본에서는 혼자 밥 먹는 일을 부담스러워 하는 증상을 일러 '런치 메이드 증후군'이라 한다. 이 시에서의 화자 역시 홀로 밥 먹는 행위 자체를 스스로 즐기는 분위기가 아님을 느낄 수 있다. 사실 우리나라 사람들의 오래된 식사 전통은 대화를 하면서 함께 커뮤니케이션을 나누는 것이었다. 그러한 시절이 그리운 것일까? 화자는 "지금은 사실과 농담이 필요한 식사시간"이라고 명명한다.

익모초 달인 사랑

딸 셋에 아들을 낳으니 금지옥엽이다
낳을 때는 천하를 다 얻은 듯 황후장상도 부럽지 않고
끼니때 걸러도 배고프지 않았는데
태생이 허약하여 시도 때도 없이 감기를 앓고
체열이 오르면 경기까지 일어나 집안사람을 놀라게 했다
어머님 마음 늘 조마조마 놓이지 않고 가슴 저미어
입에서는 소태를 씹는 듯 쓴맛이 가시지 않았다
어머님이 나를 위해 만든 특별요리 깨밥
꼬들꼬들 흰쌀밥에 참깨를 넣어 비빈 사랑
입맛이 없어 밥을 먹지 못하면
특별히 만들어 주신 보양식
고소하고 톡톡 씹히는 깨알 맛
밥숟갈 위에 김 한 장 살짝 올려놓으면
없던 입맛도 돌아오고 밥맛이 꿀맛이다

밥 한 사발 마파람에 개 눈 감추듯 하고
언제 감기를 앓았느냐 듯 잘도 뛰어다녔다
꾸리꾸리한 보리밥 물에 말아먹다가
지난번 먹어본 깨밥 생각나
머리 아프다 배가 아프다 입맛 없다 하며
꾀병을 앓고 밥을 안 먹는다
어머님 눈치 채시고
깨밥이다! 어서와 밥 먹어라! 하신다
밥뚜껑 열어보니
쓰디쓴 익모초 달인 물 한 사발……
칠십 고개 넘어 팔십을 바라보는 나이에도
병 없이 몸과 마음 건강한 것은
어머님이 정성으로 만들어주신 깨밥
익모초 달인
그 진한 사랑 덕분이다

— 이충하, 「깨밥」 전문

누구에게나 잊을 수 없는 음식이 있다. 이 시에서의 화자에게는 그것이 깨밥과 익모초이다. 딸 셋에 아들을 낳은 어머니는 그 아들을 금지옥엽처럼 키웠다. 태생이 허약한 아들은 어머니가 정성껏 만들어주는 보양식을 먹고 건강하게 성장하였다. 이러한 정서적 밀착은 마음의 원형으로 남아 자라면서 어떤 마음의 허기가 와도 견딜 수 있게 하는 힘이 된다.

지금은 프로야구 시즌 막바지다. 프로야구단의 매니저는 전국 프로 야구장을 누비며 선수들의 식단을 꼼꼼히 챙긴다. 경기 도중에도 바나나와

찐감자나 에너지바 같은 음식으로 힘을 보충한다. 이렇게 잘 거두면서 살피는 도탑고 성실한 마음은 그 집단을 이루는 사람들에게 용기와 힘을 준다.

우리나라 김대중 대통령의 영부인 이휘호 여사는 이성과 지성을 갖춘 여성이셨다. 김대중 대통령에게 아내를 넘어서는 정치적 동지였지만 한편으로는 자상한 어머니이기도 하였다. 찾아오는 참모들과 손님들에게 항상 직접 만든 음식과 따뜻한 밥을 내놓으셨다.

우리는 어떤 인연으로든 관련을 맺고 산다. 그 관계가 언제까지 순조롭기만 하다면 얼마나 좋을까? 하지만 우리 몸에 자주 찾아오는 감기처럼 우리 삶은 아무 탈이나 말썽없이 평탄하게만 돌아가지 않는다. 돈독했던 관계들은 위태롭게 파도를 타고 관계가 틀어지기도 한다.

"소태를 씹는 듯 쓴맛이 가시지 않"게 될 때 괴로움의 저 밑바닥에서 순수한 마음의 원형이 살아난다면? 가령 "꼬들꼬들 흰쌀밥에 참깨를 넣어 비빈 사랑—특별요리 깨밥을 해주신 어머니의 사랑을 떠올린다면 '없던 입맛'이 돌아올까.

"머리 아프다 배가 아프다 입맛 없다"하며 밥을 안 먹어도 눈치 채시고 "깨밥이다! 어서와 밥 먹어라!" 하시는 어머니가, 어머니 같은 존재들이 이 세상 구석구석에 많이 살아 있어서 불협화음으로 시달리는 사람들에게 희망을 준다면? 달려와서 밥뚜껑 열어보니 익모초 달인 물 한 사발이 있다면? 그 쓰디쓴 사랑을 한 모금씩 나눠 들이킨다면? 분열되어 서로에게 상처만을 주던 사람들은 나아질까?

우리 사회가 혹독한 세대 갈등을 겪고 있는 지금은 어머니의 깨밥과 익모초 달인 사랑이 생각나는 시절이다.

그림자를 뜯어내면
광활한 벌판

광활한 벌판과 구릉에 방목된

소 몇 마리.

땡볕 아래 그들은

자신의 그림자를 뜯고 있었다.

검은 그림자를 뜯고 있었다.

—설태수, 「그림자를 뜯다」 전문

몽골 초원을 달려본 사람은 안다. 너른 벌판과 구릉에 펼쳐진 하늘과 구름이 얼마나 파랗고 명랑한지. 그 위를 불어가는 바람이 얼마나 산뜻한

지. 선인장 가시에 맺힌 빗방울이 얼마나 영롱한지.

시인은 문명의 도시를 벗어나 이런 대자연에 발을 딛었다. 그런데 그 때 그가 대면하는 것은 땡볕 아래 풀을 뜯는 소 몇 마리이다. 시인은 그 소들이 뜯고 있는 것을 풀이라고 하지 않고 그림자라고 말한다. 소가 자신의 그림자를 뜯고 있다고 말한다. 그것도 검은 그림자를 뜯고 있다고 말한다. 땡볕 아래 풀을 뜯는 소. 그 소가 뜯고 있는 그림자를 보자 시인은 그동안 자신이 잊고 살았던 또 다른 이면인 자기의 그림자를 보게 된 것일까.

그것은 '소'라는 객관적 상관물을 통해 시인이 자신을 들여다보는 행위이기도 하다. 인간이나 동물이나 겉면으로 드러나는 외양이 있고 그 외양에 비춰지는 그림자가 있다. 인생도 삶도 마찬가지다. 보여지는 앞면이 있다면 보이지 않는 배면이 있다. 우리는 누구나 보여지는 것만 전부라고 믿고 산다. 숨 쉴 틈 없이 돌아가는 현실에서 벗어나 광활한 대지에 서 있는 시인은 자신의 이면과 조우한다.

소들은 일상을 살면서 그림자를 뜯고 있다. 고통의 느낌이 적체될 겨를이 없다. 그러하기에 소들은 늘 광활한 벌판에 방목된다. 하지만 사람은 자신의 그림자를 의식하지 못하고 산다. 그림자 속에 봉인된 채 살아가야 하는 사람들은 나날이 시드는 일상을 내다버릴 겨를이 없다.

학교와 문화회관에서 글쓰기 수업을 하다보면 처음 글을 쓰는 학우들이 선뜻 글을 내지 않는 경우를 보게 된다. 그들은 남들 앞에서 옷을 벗는 느낌이라 쓰지 못하겠다고 한다. 어쩌다 처음 글을 써내는 사람 중에 눈물을 흘리는 이도 있다. 그동안 버리지 못하고 가슴 깊숙이 묻혀둔 감정들이 몸을 빠져 나오는 과정에서 눈물샘을 건드린 것이다. 그런 과정을 밟은 다음에야 가슴이 시원하다고 말한다. 이 시점에서 그들은 글을 쓰기 시작한다.

심리 치료사 프로이드는 환자들에게 이야기를 하라고 권했다. 그들은 쭈볏쭈볏 망설이다 결국은 자신의 해묵은 이야기를 시작하였고 이야기를 다 들은 프로이드는 "이제 되었으니 가 보라"고 간단히 말한다. 이제 곧 치료가 시작될 거라고 생각한 환자가 어리둥절해 할 때 프로이드는 "그대 가슴에 있던 병이 밖으로 다 나왔으니 치료가 끝났다"고 말한다.

시인이 일상에서 벗어나 낯선 이방의 세계에 섰을 때 바라보는 자기의 그림자. 그 검은 그림자를 뜯는 행위는 무엇을 의미할까? 뜯어내면 그 속에서 쏟아져 나올 것은 또 무엇인가. 판도라의 상자처럼 그동안 가슴에 봉인된 슬픔, 분노, 고통, 쓸쓸함이 아닐까. 끝없이 그의 폐허가 나온 뒤에야 비로소 펼쳐지는 청명하고 광활한 벌판. 그것은 그가 새롭게 여행할 여여한 세상 아니겠는가.

설산의
빙하 속으로 걸어가다

윈난성 신폭 아래
객잔에 들었다
숯불을 피우고 당신이 오기를 기다렸다
쿵쿵 발자국 소리가 들렸지만 먼 당신은
가끔 눈사태만 엽서처럼 보냈을 뿐
흔적이 없다
떡을 떼어 객잔의 창으로 흐르는 눈발에 섞어 먹었다
반야의 밤에 달이 떠오르면
야크의 젖통은 부풀어
신의 나라에서 온 것 같은 울음소리를 냈다
아무것도 나를 지우거나 세울 수 없다고 생각한 적이 있다
붉은 숯불이 잦아든다
국경 아래 뜬 달이 조금씩 기울면서
그 아래를 걷는 당신의 모습이 보인 듯도 했다

환상 속의 당신
그대 어깨가 붉어진다
아뇩다라삼먁삼보리
무명도 무명의 다함도 없다는 설산 국경에서
영원히 만날 수 없는 당신을
기다리던 한 생(生)이 있다

— 우대식, 「신폭(神瀑)에 들다」 전문

중국 윈남성은 베트남과 미얀마 라오스가 인접해 국경을 이루는 중국 남부 윈구이(雲貴高原) 고원에 있는 성 이름이다. 티베트 불교 8대 성산 중 하나인 매리 설산의 장족 마을이 위뺑촌을 거치면 히말라야 산맥 끝자락에 신선폭포가 나오는데 시인은 이 신폭 아래 객잔에 하룻밤을 머문다.

전설의 물줄기인 신폭은 티벳 사람들이 신성시하는 장소다. 신의 눈물과 사랑이 가득한 이 곳에서 시인은 사랑하는 사람을 기다린다. 하지만 기다리는 사람은 오지 않고 어떤 조짐처럼 "가끔 눈사태만 엽서처럼" 보내온다. '눈사태'라는 시어에서 '올 수 없는 당신'이 마땅히 그럴 수밖에 없는 이유처럼 다가선다.

하여 깊은 밤 야크의 젖통은 부풀어 울음소리를 낸다. 어떤 이유에서인지 수유의 시간이 지나도록 어린 새끼와 어미야크는 만나지 못하고 그런 안타까운 심정처럼 화자 역시 설산 국경에서 만날 수 없는 당신을 기다린다. 시 속의 화자는 이미 알고 있다. 이 설산 국경은 잘못된 집착 때문에

진리를 깨닫지 못하는 마음의 상태인 무명도, 무명의 다함도 없는 곳이라는 걸.

그렇지만 화자는 영원히 만날 수 없는 당신에 집착하면서 숯불을 피우고 당신이 오기만을 기다린다. 아무것도 자신을 지우거나 세울 수 없다고 생각하며 붉은 숯불 아래를 걷는 환상 속의 당신을 기다린다. 하지만 "영원히 만날 수 없는 당신을/기다리던 한 생(生)이 있다"와 같이 결국 마지막 두 행에서 보면 이 시가 과거 완료형으로 끝나고 있음을 알 수 있다.

티벳인들은 신의 위치를 탐하지 않는다. 그러해서 산 정상을 오르지 않고 신의 눈물이 가득한 호수와 폭포에서 만족한다고 한다. "아뇩다라삼먁삼보리는 '원만'이라는 뜻으로 부처가 깨달은 진리를 가리킨다. 화자 역시 '아니다 아니다' 하면서도 우주 만유의 지혜를 일깨우는 매리 설산의 신폭. 폭포수가 바람을 일으키는 설산의 빙하 속으로 걸어간 것이다.

시는 언어 예술,
파동이 신체를 주파한다

초판 1쇄 인쇄일 | 2019년 10월 25일
초판 1쇄 발행일 | 2019년 10월 30일

지은이 | 정민나
펴낸이 | 정진이
편집/디자인 | 우정민 우민지
마케팅 | 정찬용 서소민 장여
영업관리 | 한선희 최재희
책임편집 | 정구형
인쇄처 | 국학인쇄사
펴낸곳 | 국학자료원 새미(주)
등록일 2005 03 15 제251002005000008호
경기도 파주시 소라지로 228-2 송촌동 579-4
Tel 4424623 Fax 64993082
www.kookhak.co.kr
kookhak2001@hanmail.net

ISBN | 979-11-89817-97-8 *03810
가격 | 14,500원

* 잘못된 책은 구입하신 곳에서 교환하여 드립니다.
국학자료원 · 새미 · 북치는마을 · LIE는 국학자료원 새미(주)의 브랜드입니다.
* 이 도서의 국립중앙도서관 출판예정도서목록CIP은 서지정보유통지원시스템 홈페이지http://seoji.nl.go.kr와 국가자료공동목록시스템http://www.nl.go.kr/kolisnet에서 이용하실 수 있습니다.(CIP제어번호 : CIP2019043966)